U0028641

翼想本

翼想本

誘捕！
「不聽話的寵物男孩」
小杏桃
繪／MAE

目錄

序章　人生的錯誤，從相遇開始。

「俞皓啊，不要灰心。等完全恢復再回來吧，大家都會等你的。」

「……謝謝老師。」

俞皓向籃球社指導老師鞠躬後，滿臉頹喪地離開教師辦公室。

從小因為跟著哥哥看ＮＢＡ，喜歡上籃球，國小加入籃球隊之後脫穎而出，靠著精巧的控球以及觀察力，國中穩坐隊伍後衛。升上高中之後，雖然身高停滯在一百六十公分，在球場上有些吃虧，他依然堅持加入球隊，高一下時擠進一軍，可惜當時學校社團已經被全國大賽淘汰，只能等待隔年的機會。

俞皓持續努力練習，終於在升上二年級時，籃球社通過了資格賽。

打進全國大賽一直是他的目標，卻在即將實現前被迫放棄，俞皓越想越不甘心。

滿懷著惆悵，他眼眶打轉的淚水，等走到校舍外偏遠的角落，才敢掉下來。

俞皓咬著牙流淚，用力地捶了牆壁一下又一下，想將自己心中的不甘都發洩出來。

每天早上六點起床準備提早到校練習，下課直衝社團訓練，每分每秒都只思考著籃球的事情，整個生活跟著社團打轉。俞皓無法想像，退出了籃球社，從明天開始要如何度過多出來的時間？

如果那時候……自己再多注意一點，結果會不會就不同了呢？

俞皓靠著牆壁，想透過冰涼的觸感冷靜下來，

窸窸窣窣、窸窸窣窣、窸窸窣窣……

不理會遠處傳來的細微噪音，俞皓皺著一張臉嚎啕大哭，任由眼淚鼻涕糊了滿臉，他只能透過這樣的方式發洩心中的痛苦，不停後悔著當時的錯誤。

再重來一次的話……能不能再重來一次？一定會做出不一樣的決定的。

臉頰上的淚水滑落腮邊，沿著脖子緩緩浸入皮膚，被冰冷淚水碰觸的地方灼燙不已，俞皓沉浸在痛苦的釋放中——

窸窸窣窣、窸窸窣窣、窸窸窣窣……

那個時候，如果更小心一點的話，或者是那個時候、還有那個時候……

窸窸窣窣、窸窸窣窣、窸窸窣窣……

過去的點滴在腦中不停回放，各種重來的可能選項在心中模擬，但他的悲壯心情卻屢屢被那細小的噪音干擾。

窸窸窣窣、窸窸窣窣、窸窸窣窣……

當聲音又傳來的瞬間，俞皓終於忍不住發火。

「可惡！是誰在那邊製造噪音破壞老子悲劇主角的心情!?」

本來想躲起來發洩的，卻一直被打斷，俞皓索性抹去眼淚走向聲音源頭的樹叢，想看看是誰在發出噪音。至於這一瞧讓自己將來陷入多大的不幸之中，此刻的他渾然未覺。

「好、好可愛啊！」

俞皓的前方有顆純白色的小毛球埋在地上的塑膠袋中，露出了個毛屁股，蓬鬆的尾巴隨著動作搖擺。惱人噪音是從小毛球吃東西摩擦塑膠袋製造出來的。

身為絨毛控的俞皓被迷得要死，連忙掏出手機側錄。

「嗝——」小毛球緩緩地扭動身體脫離塑膠袋，此時出現在俞皓鏡頭裡的是一隻圓滾滾的白色博美狗，正抬著頭瞇起眼睛一臉滿足地打嗝。

『原來小狗會打嗝啊？』俞皓激動地將鏡頭拉近了點，特寫小小狗的萌樣，鬱悶的心情似乎輕鬆了許多，但此時畫面猛然一變！

螢幕上的白色小萌犬不見了，取而代之的是一片麥色，那線條像是人類的肌理，彷彿隨著呼吸而規律的起伏著。

嗯？肌理？為什麼鏡頭會出現這個？

俞皓連忙抬頭想重新找尋小狗的蹤影，然而眼前出現的卻是一名男性的裸體。鏡頭因為方才為了拍攝小狗特寫拉得過近，拍到的那塊麥色就是神祕男子赤裸的腹部。俞皓吃了一驚，心裡暗叫，手機隨著晃動，畫面則清晰地拍下了對方線條明顯的八塊腹肌，與沿著側邊的人魚線、微微浮現的青筋以及以下不適合描述的一切……這、這身材比自己這個習慣運動的人都好呢……

突如其來的活色生香讓俞皓不禁嚥了口口水，聲音不大卻以足以引起對方注意，伴著一道未知的吼叫聲，男子的身形迅速消失，取而代之的是一團黑影朝他撲來！

手機被黑影撞飛，螢幕瞬間落地。但俞皓沒有心思檢查手機狀況，愣躺在地看著壓上自己的黑影真面目打顫——那是一頭不應該出現在學校的黑豹。

黑豹的肉掌踏在俞皓胸口，前肢正像所謂「貓咪按摩般」一下一下地踩踏著俞皓的肌膚，但這舉動毫無什麼可愛的氛圍。俞皓喘不過氣，他能感覺黑豹那尖銳的爪子所帶來的威脅，自己身上薄薄的襯衫已經被劃出縫隙，假設這爪子是劃過自己的喉嚨，恐怕小命休矣。

黑豹歪著頭瞇眼盯著俞皓，亮起的爪子在看清眼前人的長相之後收起，輕盈跳離讓俞皓起身。

這次俞皓看得很清楚，黑豹伸展四肢，原本帶著威脅性的利爪化為人類修長的雙臂，黑亮的皮毛逐漸暈染上色氣的麥色肌膚……黑豹在他面前又一次變身成剛剛短暫現身的裸男——該死的！這個裸男他還認識，不就是同班同學、全校女生暱稱校草男神的時燁嗎！

「你都看到了？」時燁散漫地曲起膝蓋坐下，撐著下巴低聲陳述。

平常很少開口說話的時煒被女同學瘋狂討論的，除了宛如雕刻般的俊美外表，再來就是說話的腔調堪比低音砲，一開口就撩得女生酥麻，但此時俞皓只聽出濃濃的威脅，膀胱一緊只想尿尿。

眼前這傢伙到底是人是妖啊？平常同班的時候看起來挺正常的啊？可是剛剛那隻狗、那隻黑豹，到底是怎麼一回事？難道是幻覺嗎？

俞皓維持著趺趴在地的姿勢，用力揉揉眼睛，想再次看清楚發生什麼事情，但舉目所見依然是全身光溜溜的時煒。他緊張地移開視線，不想看到什麼私密部分，對方有的自己也有，雖然比例檔次實在差很多，但老天爺，他實在不需要這種福利啊！

「我、我沒有看到，我是大近視啦。」俞皓腦中都是黑豹閃閃發亮的爪子，情急之下立刻否認，希望對方放他一馬。

「你沒有戴眼鏡。」對方平淡地看著俞皓，還悠閒地換了個盤腿姿勢。

「隱形、隱形眼鏡啦！」俞皓雙眼視力自動從1.0變成0.1，對方盤腿而坐這個動作讓他看得很清楚啊，哪裡、都很清楚啊！

「俞皓，不要撒謊，這樣我會懷疑你別有用心。」時燁的低音聽起來滿是冰涼。

聽到時燁喊出自己的名字，俞皓知道對方已經認出他了，至少小命應該有保。鬆下不安的心，他爬起身改成跪姿，臉上堆起恭維的表情解釋。

「我只是偶然經過聽到有聲音，就過來看看，沒想到看到你……那個、什麼……」，俞皓一邊解釋，一邊游移視線，心中忍不住牢騷。

真要命，為什麼這傢伙還一臉從容，要殺要剮一句話啊！更重要的是……大爺你能不能先穿上衣服啦！身材好也不用這樣炫耀吧！

時燁毫不在乎對方的彆扭，當著他的面從旁邊草叢拉出一個黑色行李袋，取出衣物穿上，同時與他搭話，「你不用那麼緊張，如果我要把你處理掉，剛剛就做了。」

「……你剛剛，那個，是變身了對吧？」

「你不是看到了？」時燁平靜地扣上校服鈕子。

「我、我是看到了，可是這也太不可思議了吧！」俞皓有些結巴，「你為什麼會變身啊！你是什麼魔法少女之類的嗎？」

「我是男的。」時燁聽到俞皓提起了關鍵字，一個眼神看過去，澄清卻不在重點上。

俞皓見對方避重就輕，心中燃起八卦的衝動。腦袋簡單的他覺得好像逃過危機，膽子就大了，站起身對時燁叫嚷，「喂，告訴我嘛，我不會跟別人說的。」

「無法守密的人都是從『我不會跟別人說的』開始。」時燁穿好了襯衫和西裝褲，再慢條斯理地套上鞋子，現在看起來就和平常班上遇到卻從沒交集的好學生模樣一致。

感覺自己被瞧不起，俞皓有點生氣，一個腦熱就開口威脅時燁，「你、你別忘了喔，我剛剛正在錄影，把你從博美狗變成人類的模樣錄得清清楚楚，我可是握有你的把柄呢！」

正拿出領帶的時燁聽到俞皓的話停下動作，扭過頭來給了他一個微笑，優雅又性感的破壞力足以讓全校女生痴迷，但俞皓卻冒出了冷汗，只想給自己幾個巴掌，這種給點顏色就開染坊的個性真是害死了自己。

「啊……你不說我還忘了。」

時燁看著俞皓，腳步輕鬆地邁向躺在地上的手機，接著抬起筆直修長的腿，皮鞋後腳跟用力落下，重量全施壓在俞皓的手機上。

「欸，你幹麼！那是我一整年的壓歲錢啊！」俞皓飛撲過去，卻只能撿起一個破爛的軀殼，螢幕已經碎裂到觸碰也沒有反應了。

「我放過你，沒想到你還得意忘形。」時燁冷淡地哼了聲，手指繼續環繞過脖頸，繫上領帶。看著眼前跪在地上哀號的俞皓，心中升起了更惡劣的心思。

「你，跪在地上，學豬叫。」時燁從自己口袋拿出手機，「別忘了自我介紹。」

「啥？我才不——」

俞皓直覺想拒絕，然而時燁只是輕輕地五指併攏，像招財貓一樣擺出了個五指開張的姿勢，搭配男神俊臉實在違和得可愛，但俞皓沒心情欣賞，想起幾分鐘前被黑豹尖銳爪子壓制的觸感，當下孬了。

「齁齁……齁齁……我是二年三班俞皓。」俞皓四肢著地，在地上翻滾，發出奇怪的叫聲。

「豬不是這樣叫的，再快樂一點。」時燁一邊錄影一邊低聲命令。

「……我又不是豬哪知道怎麼快樂的叫啊！你不是會變身嗎？不如先來示範啊。」俞皓沒想到對方變本加厲，忍不住嘀咕。

時燁看他又不知死活提起禁語，眉毛一挑停止了錄影，將影片回播。

『齁齁……齁齁……我是二年三班俞皓。』

『齁齁……齁齁……我是二年三班俞皓。』

「你是不是忘了現在誰才是握有把柄的人？」

俞皓仰視看著眼前的青年，這是全校赫赫有名的時燁啊，長相、功課、家世一把罩的三好青年啊，今天以前還是平行線沒交集的男神同學啊，怎麼現在一有了來往就演變成這種局面？

「老大，我錯了！」

「……老大？」

時燁挑眉起了點興趣。

「老大！時、時老大，我身上還有點錢，放我一條生路吧，我一定把這件事忘得一乾二淨，明天我們就還是沒交集的同班同學好嗎？」

俞皓看時燁不說話只是死盯著自己，害怕對方往最壞的算盤打，只好掏出口袋所有的財產，試圖收買對方。

時燁打量著俞皓，雖然平常沒什麼往來，但畢竟同班了一年，對於這個籃球社運動男孩還是有點印象的。

——生著一張娃娃臉，總是活力充沛的樣子。

（跟以前養的亞歷山大好像。）

——和班上同學都處得很好。

（應該算老實？）

——現在手上還有這傢伙學豬叫的恥辱影片。

（怎麼想都是自己占上風吧？）

——他剛剛還喊我老大……

（就是主人的意思嗎？）

俞皓見自己的身家財產毫無吸引力，又掏了掏口袋，恨不得連內褲都脫下來給對方，無奈阮囊羞澀，掏了半天甚至連上衣口袋藏的手作杯子蛋糕都翻了出來。

「嗯……！那個，拿來。」

時煒看到俞皓掏出的杯子蛋糕，眼神小小閃爍了一下。

俞皓不知道那個是哪個，總之一股腦地把供品全數獻上，只求大爺饒命。

時煒把收穫迅速搜刮進書包，心情頓時開朗，看著俞皓勾起了一個微笑。

「很好，我收下你的進貢。從現在起，你就是我的寵物了。」

俞皓目瞪口呆地看著校草級男神說完這句話後轉身離去，輕盈的步伐似乎透露著歡欣，留俞皓一個人呆愣在原地。

『從現在起，你就是我的寵物了。』

『從現在起，你就是我的了。』

『你就是我的寵物了。』

『寵物。』

『pet♥』

都什麼年代了，把人當寵物養可是犯法的啊啊啊啊啊——

第一章

老天爺關了扇門，就一定會給你開扇窗。只是你無法決定是什麼樣的窗。

「下午吃什麼？」時燁悠閒地從保溫瓶中倒出熱呼呼的甜奶茶邊問。

「昨天我媽烤的紅豆麻糬麵包。」俞皓乖巧地回答，一邊皺眉複習著數學作業。

沒錯，那天之後俞皓真的成為時燁的寵物（僕人）了。

本來以為時燁是嚇嚇自己，只要他閉上嘴保守祕密，就不會為難他吧？不管對方的變身能力是怎麼回事，但黑豹利爪帶來的陰影猶存。俞皓決定當作是一場荒唐的夢，睡醒了兩人還是橋歸橋路歸路，過著平行線人生就好。

只是俞皓沒想到時燁無恥至極，在學校的時候默不作聲，降低他的防備心。放學之後趁他不注意變身成小狗跟著自己回家，熟門熟路後每天早上入侵他家，變成各種動物一早跟他親密接觸 morning call。

一開始小狗、小貓、松鼠竄進被窩他還挺開心的，沒想到後來開始出現動物星球才會出現的奇珍異種，雲豹、石虎什麼的。具備殺傷力的大爪子把他的被子還有睡衣撕成碎片。經過七天的抵抗後他敗給了從被窩竄出的蟒蛇，冰冷鱗身滑過皮膚的觸感，還有豔紅蛇信吐出的模樣讓他忍不住驚聲大叫。

這聲大叫嚇得俞皓媽媽以為他發生意外，秒速衝進房間。

俞皓當時腦中一片混亂，被媽媽發現自己房間有大蟒蛇可是相當不妙的事情啊！

還好時燁顯然機靈，媽媽衝進來的時候，只看到一隻把她融化的白色小博美，正對她賣萌汪汪叫。無辜的俞皓被冠上亂撿小動物回家的名目罰跪，而始作俑者卻爽爽躺在他媽媽的懷抱，接受現烤甜點餵食。

也是從那天起，俞皓發現男神是個甜點控，而且吃超甜。口味跟俞媽的手藝一拍即合，自此他就陷入時燁的魔掌，反對無效、抵抗無能，本來想採取消極配合的態度，沒想到不多久又多了一個把柄落在時燁手上……

「這邊錯了，應該要先拉一條線算出三角形面積再反推梯形面積。」時燁隨手一指解答了俞皓一整堂下課時間的疑惑。

沒錯，讓俞皓決定積極抱緊時燁大腿的，就是學霸的課後輔導。

俞皓從國小開始打籃球，後來越打越好，就算成為ＮＢＡ球員是幻想，但職業球員也不是摸不到邊。只是這場夢醒得早，他連全國盃都還沒打上一場就結束了運動員生涯。俞皓又想，如果能成為體育老師或是運動教育相關科系也很好，然而開始研究報考簡章之後發現，自己的成績只能撈個大學念，選學校選科系什麼的根本天方夜譚。

這時他才發覺時燁事件就是老天爺給他的另外一扇窗，學業得過且過地到了高二，想重拾書本很難，補習班進度跟不上，老師上課聽不懂，要不是時燁幫他補習，他早就休學回家繼承家業了。

雖然這個魔法少女（？）貪吃又老是奴役他，還自稱自己是主人，但俞皓調整了下心情，覺得這就跟貓奴、鏟屎官、寵物僕一樣，自己就當作撿了隻可愛寵物吧。顏值什麼的沒話說，就是吃得挑惕又囉唆，但至少會自己上廁所，每天變身各種不同動物這點很棒，讓他宛如成了自然頻道節目主持人。

這樣日子過了幾個禮拜，他越來越能掌握到主子的心情與喜好，雖然伺候男神很累，但剛好轉移了自己心中對籃球的不捨，沒時間往負面思考，再加上——時燁盯他功課盯得很緊，每天都很忙碌啊！

俞皓走神了一陣子，突然覺得腳上有痛感傳來，時燁不動聲色的踩了他好幾下。一抬頭看到同班女同學正對他露出盈盈笑意，讓俞皓本來被數學凌虐得宛如鹹菜的心瞬間補血加滿，鮮活地跳動著。

「咦，方思語妳找我嗎？」俞皓興奮地露出笑容詢問。

方思語是班上排行前幾的美女，男同學們最嚮往的就是她的烹飪手藝，俞皓有個在烹飪教室當教師的媽媽，對方這個優點實在加分，他連忙挺直了背脊。

「對啊，我剛剛叫你好久啦。」方思語有點怕冷淡的時燁，視線只放在俞皓身上，這點深得俞皓心，忍不住彎了嘴角偷笑。時燁察覺之後維持一臉高冷看著自己的書，腳卻重重踩了俞皓幾下，惹得他扭曲了本來一臉雀躍的表情。

「怎麼了？」看著俞皓突然苦了臉，方思語疑惑問。

「沒、沒事，妳找我有什麼事？」俞皓忍下時燁的幼稚攻擊，對著佳人維持自己覺得最帥的微笑。

「就是……」方思語小臉一紅，說話突然吞吐了起來，讓俞皓看得心思蕩漾。

「是不方便當著時燁面說的話嗎？那我們到樓梯那邊談？」俞皓感覺這場景有點像電視劇裡頭，女主角想要告白卻害羞的橋段，整個人像喝了蠻牛一樣亢奮。

「不用了，單獨跟你說話我怕被誤會。」有別於剛才的猶疑，這次方思語一秒拒絕。

「啊哈哈……妳不介意被聽到就好……」對方迅速地回答讓俞皓知道自己想太多了，不自在地搔搔耳朵，試圖屏蔽一旁時燁的哼笑聲。

方思語察覺自己失禮了，也尷尬地笑笑。

不是俞皓不好，只是她喜歡比自己強又酷的男生。俞皓身高跟她差不多，還生了張娃娃臉，看起來像是她弟弟，根本不能當男友。而時燁當然是符合她標準的絕佳選擇，超過一百八十公分的身高，精緻的相貌堪比現在人氣韓團成員，不說話的時候猶如希臘時期的雕像般秀逸，但對方絲毫不給人接近的可能，總是獨來獨往的他，面對眾人的示好都是冷漠以待，近來奇蹟似地跟俞皓走得近一些，增添了些許「人氣」，也讓一部分的女生們產生了另一番悸動。不過想利用俞皓搭訕時燁也沒用，對方不給眼神也不接話，就算視線對上，眼神也跟看著垃圾一樣，再多的心思也都會結凍成冰。

還是自己的心上人最好——方思語想想，切回正題，「俞皓你不是籃球社的嗎？那你認識嚴正宇吧？我想請你幫忙打聽他的喜好。」

「我退出籃球社了。」俞皓一聽到『嚴正宇』這三個字，想也不想就開口拒絕。

「退出了還是認識球隊的人吧？」

「但我跟他一點都不熟啊，我怕打聽不到什麼。」對方如此堅持，俞皓只好再次委婉拒絕。

「只是很簡單的問他喜歡什麼點心啦。」方思語只有俞皓可以拜託，自然不會輕易放棄。

「男生一般哪會聊這個啦。」除了時燁這吃貨！

方思語沒想到俞皓一改平常好說話的個性，一點面子也不給，急得跺腳，「拜託嘛，你幫我打聽一下，我給你很多點心當報酬怎麼樣？」

俞皓媽媽做的點心更厲害，一點也不稀罕，重點是打聽對象這麼棘手，實在不想淌這渾水。促成別人的戀愛什麼的，他又不是邱比特。

「隨便打聽就可以了吧？」偏偏這時惜字如金的時燁竟開了口，「應該不會難吧。」

「咦？」

「對嘛，連時、時燁同學都這麼說了，你就幫幫我嘛。」

俞皓沒想到時燁竟然會幫腔，害他不好再堅持拒絕，被方思語逼得答應。

看著方思語紅著臉跟時燁道謝後離去的背影，俞皓瞪眼抗議，「出力的是我欸，她幹麼跟你道謝？還有你是不是看上了人家的手作點心才會插話？明明平常遇到這種事只會裝死。」

時燁不否認也不承認，端著一張臉愜意地喝著奶茶。

「你一開口就會有成千上萬的女生貢獻點心吧，幹麼出賣我？」俞皓看這傢伙一臉少爺樣，恨得牙癢癢，繼續控訴對方。

「不要，很麻煩。」時燁眉頭難得地皺起，「不吃會哭，先吃了誰的也哭，不好吃也不能丟掉，後患無窮。」

俞皓想像了一堆女生哭哭啼啼的畫面毛骨悚然，太受歡迎也不盡然都是好事啊。他頓時理解了時燁平時會這麼與人保持距離的原因，畢竟身上藏的祕密太過巨大，實在不適合被注目，不小心曝光就只能被關進研究所給人做實驗小白鼠了。

俞皓腦補了各種時燁小白鼠被虐待的情況，瞬間同情心氾濫，友好地拍拍對方肩膀，「哎，你也挺辛苦的，我明天給你做個蘋果派吧。」

時燁一聽雙眼發光，小幅度地點頭，「蘋果醃漬要夠入味。」

「知道知道，你這傢伙就是螞蟻投胎吧，我今天回家就先醃蘋果。」

「你做？」時燁懷疑俞皓的話。

「對啊，我從小就跟我媽一起進廚房了，做點心是小意思。以前我要早起練球，便當也都自己張羅的，你放心啦。」

覺得終於有一項優勢贏了男神，俞皓得意地自誇自讚，卻不知道給自己挖了多大的坑。

「……那你為什麼現在不做了？」時燁的聲音溫度下滑至零下。

繼續鑽研著數學問題的俞皓沒聽出時燁話中的意思，大剌剌地回答，「我現在不用練球，能睡多晚就睡多晚，也不用控制飲食想吃什麼就吃什麼，在福利社隨便吃吃就好啊，我媽還會給我帶點心，何必自找麻煩。」

「你明天開始做便當吧，兩人份。」

俞皓這時才察覺危險，抬眼看見時燁正瞇起眼睛盯著自己，手還比了個二，連忙反駁，「我才不要！早上做便當很麻煩，我會少睡一個小時欸。」

「我陪你。」時燁拋出誘餌，「每天去接你，用球球的模樣，還給你摸。」

球球是俞皓媽媽幫時燁常常變身的白博美狗取的名字，時燁常以這身模樣到他家騙吃騙喝，但都不給俞皓摸跟抱，讓資深絨毛控俞皓心癢得要死，這下聽到可以摸摸忍不住動搖。

「可以摸嗎？」

「嗯，」時燁發現對方上鉤，決定再加碼，「隨時隨地、任何品種。」

「松鼠？蜜袋鼯呢？聖伯納犬也可以嗎？」

看著俞皓這麼激動，時燁也有點得意，「可以，獅子也可以。」

「哇靠——獅子啊！」聽到連獅子這種肉食動物都可以摸摸抱抱，俞皓瞬間熱血沸騰，忘記剛剛的抗拒和可能的未來慘況，一口答應，「我幹！」

俞皓從小就喜歡毛蓬鬆柔軟的動物，偏偏他對動物毛過敏，只有時燁變身的動物沒這個問題。根據時燁的說法，他變身改變的只是型態而不是身體構造，所以他就算變身成狗也可以吃巧克力，而且很愛吃。

俞皓不懂這麼多，但時燁的存在圓了他的夢想，這也是他樂於遵守跟時燁約定的理由之一。

「你能做造型便當嗎？有圖案形狀的那種。」時燁感覺俞皓心情非常好，趁機提出了一些要求。

「可以啊，不難只是麻煩而已，假日比較有時間做。」俞皓輕鬆應允，「下次我做給你看。」

鐘響時燁起身回座位時，搭了俞皓肩膀，溫聲對俞皓低語，「你不要考大學了，當家庭主夫吧。」

俞皓氣得給了時燁一拳。

想當家庭主夫，也要有能養得起他的另一半啊！如果有他就去應徵，何必在這邊苦苦奮鬥呢！

雖然答應了方思語，但俞皓一直迴避著，日復一日，想要擺爛當作沒這回事，從這個麻煩中脫身。對於嗜甜如命的時燁來說，這點顯然逆了大爺的心。

不過催促不是時燁的風格，他只是一句話也不說，默默地在俞皓打算回家的時候注視著俞皓。

（不去籃球社嗎？）

（該問了吧？）

（要拖多久啊？）

（我的點心呢？）

這般眼神譴責，搭配上男神的壓迫性身高，讓俞皓備感壓力。最讓俞皓不能抵抗的，是時燁變成小動物的時候都不跟俞皓親近了。

自從時燁發現俞皓下廚做飯做點心一把罩之後，時燁就每天賴在俞皓家。下課自動點擊跟隨，變成小博美狗跟著俞皓回家享用俞媽的手工點心，晚上監督俞皓做作業，最後乾脆不回家，以小動物形態跟俞皓窩在同一個被窩中。

俞皓心中情緒複雜，雖然時燁人型的時候高冷到不行，讓他覺得頗有隔閡，但變成小動物的時候偏偏又很會撒嬌，毛茸茸的身軀以及圓滾滾的眼睛，只要感覺俞皓有什麼情緒，就立刻湊近俞皓，蹭兩下就能讓俞皓眉開眼笑，什麼都答應對方。

時燁很明顯將鞭子糖果戰術掌握得很好，幾個月下來讓俞皓覺得自己真的養了隻小寵物，因此對於時燁的冷戰戰術備感煎熬。

「球球啾啾～～」

「……」

俞皓已經習慣每天都要摸摸球球的肉掌和蓬鬆的毛髮、用鼻頭親暱地蹭蹭牠。儘管對方一臉嫌棄，俞皓依然是幸福到不行，但此刻這單方面的快樂時光被剝奪了，可愛的小寵物一臉不屑地看著他。

想摸摸他就被肉掌呼巴掌，想蹭蹭他就被齜牙咧嘴地趕開，俞皓拿點心哄也白搭，時燁點心照吃冷戰照打，俞皓實在不理解時燁對於方思語手工點心的執著，明明自己做的點心也沒差到哪去啊……

時燁小狗單方面進行冷戰，但受限於外界眼光，在俞媽媽面前，時燁還是一臉憨傻乖巧的寵物狀態，俞皓就趁著時燁變身成球球跟媽媽討食物的時候，一把抓起牠狠狠搓揉了半晌，惹得時燁齜牙嗚嗚叫地舉爪反擊，把俞皓扒得衣衫不整，露出了小肚皮。

「寶寶，你……是不是胖了？」俞媽媽看著俞皓衣服露出來的一截白嫩肚皮，俞皓低頭看著自己曾經勤勞鍛鍊的淺淺腹肌消失無蹤，剩下一片平坦，心中也是一驚。

「你帶球球去走走吧，你們倆每天都只窩在房間裡，我看都胖了不少。」

「汪汪！汪汪，汪汪！」時燁球球一聽到如此汙衊，立刻大聲吠叫抗議。（老子才不胖呢！只是毛澎了點而已，胖的只有俞皓！）

無奈無人能解讀狗語，在俞皓媽媽承諾回來後有點心吃，時燁球球才甘心『帶俞皓去散步』。

俞皓心中滿是委屈，自從時燁入侵他的生活之後，媽媽親手做的點心能吃到一口就不錯了，何來吃太多變胖？會變胖完全是因為少了籃球練習這個固定運動而已。

時燁這個傢伙才不可思議吧？每天食量這麼大，還吃了他的點心，卻沒有發福，身形宛如伸展台上的男模。造物主真是不公平，身高這種遺傳性基因就算了，連吃不胖這種好事都讓時燁占了。

咕咕噥噥著，俞皓抱著球球到了公園，找了個板凳坐下來休息，假小狗時燁沒有想要跑跳的興致，任由俞皓擁在懷中，路都不用走。一人一犬懶洋洋地晒著太陽，打起瞌睡。

暖暖的陽光灑在身上，俞皓屈著身體躺在石凳上，實在是太舒服了，他酣睡好一陣子，醒來時卻發現時燁不見了。

畢竟時燁不是真的小狗，俞皓也沒太擔心，覺得時燁應該是無聊跑回家了，伸了個懶腰後，起身就往家裡的方向走。

「媽，球球回來了嗎？」

「寶寶回來啦。啊怎麼只有你一個人回來？球球呢？」

「咦？他沒自己回來嗎……」

「怎麼可能！說那什麼不負責任的話！牠這麼可愛被拐走怎麼辦！還不快把牠找回來！」

俞皓被擔心的媽媽趕出家門，只好又走回公園，待在原地等著時燁來會合，但隨著時間過去，太陽逐漸西下，公園的路燈都點亮了，時燁還是沒出現也沒回到俞皓家。

「到底怎麼回事……」

俞皓真的開始擔心了，沿著公園的路喊著球球的名字，焦急地尋找。

雖然時燁不是真的小狗，但既然變成小狗的模樣，萬一遇到壞人，小小的身軀是沒有反抗能力的，也不可能當著那些人的面變回真身，時燁都沒聯絡一定是遇到了什麼麻煩。

「球球！你在哪？」

俞皓自責反應太晚，在昏暗的公園呼喚著，撥開草叢四處尋找，希望能看到那個小小的身影。

「嗚……」

時燁確實遇到了麻煩，幾個小時前他從俞皓懷中醒來，聞到了什麼好香的味道覺得飢腸轆轆，發現一個小女孩正在吃攤販賣的熱狗，小女看到了可愛狗狗，開心地揮舞著小手要餵食。

「是白白的狗勾！狗勾想吃嗎？」

「啊嗚！」

變身小狗的經驗已久，時燁毫無心理掙扎，歡快地掙脫俞皓懷抱往小女孩跑去，小女孩拿著熱狗逗弄著時燁，時燁吃了東西也就賣乖地陪著小女孩玩了一會兒，一人一狗你追我跑地離俞皓有點遠，沒想到小女孩的爸爸看到以為是野狗想攻擊女兒，一個激動就踹了時燁一腳。突然遭受攻擊讓時燁嚇到，看對方還繼續追上前，連忙竄進了草叢角落。

（看我這身純白的毛色怎麼會把我當成野狗啦！）

時燁慌不擇路地跑了一會兒，突然一陣劇痛從腳掌傳來！他一個沒注意踩進了不知道是誰亂扔的玻璃碎渣中，更糟的是剛剛自己是以跳躍的方式踩進來的，等於整個身子被玻璃片包圍，高速著地讓玻璃扎進了腳掌，腳受傷的情況下，他根本無法施力離開。

「嗚……」

小小狗站在玻璃渣中心，屈起了受傷的腳，無語地看著天。

真是自找罪受！最近都跟俞皓混在一起，就沒把能跟家族聯絡的隨身通訊器帶著，現在身困這種渺無人煙的地方，現在該怎麼辦呢？

要直接變回人形或是其他動物嗎？但四周布滿玻璃碎渣，一變身就註定會被弄得遍體鱗傷，實在不是個好主意。

指望俞皓來找他？如果是普通小狗還可能，但俞皓知道他的真實身分，發現他不見肯定以為自己回家了，不可能來這邊找他，老家裡那邊也習慣他最近都不回去睡，除非失聯兩三天俞皓才可能發現事情不對勁吧……難道自己真要困在這兩三天？

（再等等吧……大不了真的變身硬闖離開。）

時燁看著頂上藍天白雲一片，心想真是個好天氣，然而自己的處境卻這麼無言，哀鳴了幾聲四周仍是寂靜無人回應，時燁只能艱困地用沒受傷的腳清出一塊空地蹲下，認命地在原地等待有沒有好心的路人通過，等著等著便無聊地睡著了。

「球球你在哪——？」

公園腹地廣大，俞皓從燈火通明的主走道尋到了偏遠的樹叢區，他細心地撥開樹叢找著小小狗的身影，任憑樹葉刮過他的身周也不在乎刮傷或髒汙，就怕和走失的時燁錯過。

時燁正瞇著眼睛一頓一頓地點著頭打瞌睡，靈敏的耳朵聽到了俞皓的喊聲與樹叢被撥翻的聲音，連忙打起精神試圖喊叫，但乾渴的喉嚨卻無法如想像中般發出足夠的音量，只有小小的哀鳴聲傳出。

「你到底跑哪去了……」

找了幾個小時，俞皓的心情越來越焦躁，翻找的動作也越來越大，手被劃出了好幾道傷痕不自知，只想趕快把公園每個角落都找一遍，此時他耳中聽到了細微的嗚嗚聲從遠處傳來。

「是不是有什麼聲音……」俞皓立刻朝音源奔去。

俞皓看到了困在玻璃碎片中的小小身影，對方跛著一隻腳朝他搖著尾巴，小小的耳朵耷拉著，身子瑟縮成一小球，對著他小聲地叫著像是在討安慰，模樣看起來可憐極了。

「球球！球球你還好嗎！對不起哥哥來晚了！你一定很害怕吧！有沒有受傷？」不顧周圍的玻璃碎片危險，俞皓三步併作兩步，大步向前將小小狗抱起，心痛地抱著他大喊。

聽到俞皓淒厲的嚎叫，時燁的感動與感謝立刻打了折。

（這小子是不是太誇張了點，真的把老子當成寵物狗了嗎？）

「汪！汪！汪！」被壓到傷口，時燁球球舉起了小腳，將傷口顯示給俞皓看。

（老子腳疼，你別在那邊拖拖拉拉，趕快回家幫我處理。）

俞皓經歷了幾個小時的心理折磨，覺得都是自己照顧無方，完全忘了球球其實是時燁變身的。一心把球球當作手無縛雞之力的小寵物，這下看到時燁球球的小肉掌嵌了一塊碎玻璃，自責心爆棚，眼淚就流了下來。

時燁被俞皓的眼淚嚇了一跳，仔細一看發現他滿身瘡痍，頭髮上都是樹葉碎屑，衣服也是破破爛爛的，臉上和手上盡是被割傷劃破的痕跡，不難想像是費了一番功夫在尋找牠。

看著一臉狼狽，哭得唏哩嘩啦的俞皓，時燁心裡湧上說不清的情緒。本來只是日子過得無聊，欺負俞皓打發時間，後來發現對方的廚藝技能，讓他的興致提高了些，教他功課也只是一種交換，但還不到認真往來的程度。

這陣子摸清俞皓的個性，跟對方相處起來很自在，讓他越來越喜歡跟俞皓一起玩，今天又看到俞皓為了找他這麼辛苦的模樣，讓他一直防守得很好的保護牆逐漸瓦解。時燁埋在對方懷中，小心翼翼地伸出舌頭舔了舔俞皓的臉頰，舔到了滿臉鹹鹹的眼淚，小聲地汪汪叫著安慰對方。

（……其實也不是很痛啦，擦個藥就好了。）

時燁心中的千迴百轉，俞皓是一點也不知道，他把時燁跟小動物們分得很開，對他來說變成小動物的時燁不是時燁，就只是小動物而已。尤其是球球連名字都另外取了，在他心中就是自家養的小寵物，俞皓把時燁受困的事情怪罪在自己照顧不周上，沒想到意外地刷高了男神的好感度。

俞皓邊哭邊抱著時燁球球回家，小心翼翼地幫他清理腳掌上的玻璃碎片，再細心包紮、餵食點心。時燁心滿意足，甚至放下身段對俞皓撒嬌蹭蹭舔舔，讓俞皓的心都軟了，抱著他又一陣痛哭。

這起意外意外地拉近了兩人的距離，很自然地結束了冷戰。時燁變回人形時對俞皓也親近了不少，雖然遲鈍的俞皓毫無所覺，只覺得時大少心情好，比較好打發，不再催促他去面對方思語的委託，一點簡單的點心就能堵住時燁挑惕的嘴，教他功課的時候也不再一臉鄙視自己是智障的態度，讓俞皓覺得生活品質提高了不只一個檔次，對時燁的相處也越發自然——

第二章　不請自來的麻煩，真麻煩。

儘管不情願，但俞皓心中依然惦記方思語的委託，於是找了一天放學去體育館打聽消息。

看著睽違許久的球場，俞皓心中百感交集。大聲呼喚進攻回防的嘶吼聲、球鞋底摩擦地板響起的尖銳聲響還是這麼熟悉，周遭高升的熱度讓俞皓只想換上球衣來一場，可是，他不行……

一邊在心中唏噓，一邊用手壓著胸口不自然的突起，俞皓戰戰兢兢地走向教練身旁，想要低調地打聽嚴正宇的喜好。

「俞皓！」沒想到教練看到他之後，開心地大聲喊出他的名字。

感覺大波視線朝他射來，俞皓正感覺不妙，下一秒鐘就被隊友們團團包圍了。

「俞皓，你這小子總算出現了！」大塊頭中鋒推了俞皓一把。

「都請假多久了，也不來體育館露臉一下，就算專心養傷也太無情啦！」其他隊友一哄而上，要好地抱住俞皓。

「你幹麼退出球隊啊？」另一名隊友也上前搓揉他的頭髮，「傷好了趕快回來啊。」

「我們不能沒有你啦，配合都變差了。」

隊友們圍住俞皓連珠砲地說著，大夥兒手上腳上的小動作碰撞顯現大家的熱情與熟稔。久違和隊友打鬧讓俞皓忍不住掛起了懷念的傻笑，完全忘了自己胸前隱藏的祕密。

「啾——！」

一隻手掌大的蜜袋鼯帶著抗議的呼叫，從俞皓衣領竄出，趴在他胸口，小爪還用力抓了俞皓幾下，要讓他知道自己剛剛差點死在這群野蠻人手上。

俞皓見狀連忙想把他塞回去，但小蜜袋鼯死活不肯，抓牢了俞皓衣服領口任他搖晃也不鬆爪。

「這什麼啊？松鼠嗎？」突然出現的小生物引爆高中男生們的熱情，他們不像女生只會嚷著好可愛，行動派的大手們伸來便不知輕重地想抓起來把玩。小蜜袋鼯看情況危險，連忙躲回俞皓衣服內，蜷縮在他肚子處啾啾地大叫抗議。

「是蜜袋鼯啦。」忘了照顧時燁變身的蜜袋鼯，讓對方遭遇了一連串驚嚇，俞皓苦笑著邊解釋邊忍耐時燁的報復。

哎欸，爪子雖然小但挺利的，肚皮一陣又癢又疼啊。

隊友們見蜜袋鼯躲起來，好奇地想要扒開俞皓的衣服抓牠，惹得俞皓狼狽躲開，眾人打鬧談笑十分熱鬧。

「體育館不能帶寵物來吧。」

冷漠而嚴肅的聲音硬生生地插進話題中，讓周圍本來歡騰的氣氛頓時冰凍，圍在俞皓身邊的隊友不自然而快速地散開，看來也是不太情願和發話人接觸。

被留下單獨面對的俞皓，聽到對方聲音瞬間就頭痛了，緊張地搓揉著肚皮的位置，讓肌膚與時燁蜜袋鼯毛茸茸的短毛摩擦，轉移自己的注意力，惹得時燁啾啾叫。

「嚴、嚴正宇。」俞皓有點結巴地跟對方打了聲招呼，「哈囉。」

「體育館不能帶寵物進來。」對方無視他的表情變化，嚴厲地再次重申。

俞皓之所以百般抗拒任務，就是因為他實在跟嚴正宇不對盤，或者應該說對方單方抱持敵意。

嚴正宇雖然只是小高一，但精湛的球技和國中比賽的亮眼成績，讓他一進籃球社就備受注目。一百八十公分的身高、修長又敏捷的四肢，不管跑跳還是傳接球都相當具有威力，教練本來屬意他擔任球隊小前鋒，沒想到嚴正宇卻堅持想打控球後衛，指名要挑戰俞皓。

教練並沒有給嚴正宇這個機會，反而冷落他成為二軍。嚴正宇不解原因，在不敢違抗教練的情況下，他試圖對俞皓提出挑戰，想證明自己的能力。其實不用兩人真的下場比賽，光是平常的練習數據就能知道嚴正宇在各項能力標準上都高出俞皓許多，但不僅是教練本人，其他人都力挺俞皓，強制阻止嚴正宇的挑戰。

嚴正宇沒有再多說什麼，依然每天都到社團認真練習，但寡言的個性始終無法和大家好好相處，總是嚴肅地指出隊友的短處，久了就成為團體中格格不入的存在。以往俞皓會出面擔任隊伍氣氛潤滑的開心果，但由於「挑戰終止事件」後，俞皓覺得很尷尬，不知道該怎麼和對方相處。

「呃，這不是寵物啦。」想到之前的種種，俞皓忍不住嘆氣，面有難色地解釋。

嚴正宇雙手抱胸看著俞皓，高出將近一個頭的身高，給俞皓帶來很大的壓力，隔衣抓著時燁蜜袋鼯的手也不自覺用了力，惹得牠又是一陣憤怒地啾啾叫。

「我、我受傷之後，醫生說飼養小動物可以幫助我穩定心情，對復健有幫助，所以牠不是寵物，是我的小、小醫生啦……」隨口扯出新聞看到的動物醫生資訊，俞皓自己也覺得牽強，越說越小聲，頭也越來越往下低，時燁在他衣服下不屑地啾了聲像是吐槽他。

「嗯，那你可以帶進來，但不能讓牠離開你，以免嚇到練習的人。」出乎俞皓意料，嚴正宇接受了這番說詞，沒有想像中的刁難。

俞皓抬眼望向嚴正宇，對方正直視著自己，不若自己所猜想的迴避或排斥，嚴正宇的表情似乎還帶著點關心。

「等你傷養好了，我們再來ＰＫ吧。」嚴正宇留下這句話後，乾脆地回到球場繼續練習。

俞皓看著球場上再次展開的五打五對戰練習，心中若有所思，總覺得嚴正宇的態度和自己想像得不太一樣。他本來以為嚴正宇是討厭他的，難道是自己離開之後，嚴正宇取得了後衛一軍的位子就消除了敵意嗎？

可是如果是這樣，嚴正宇應該一點也不會希望自己康復吧？想不通這個學弟的腦筋思考迴路，俞皓看著練習的隊員身影困惑著。

「你應該也看出來了，他不是壞孩子。」籃球隊的教練走近俞皓身邊，望向球場說道。「但他不擅長團體交流，這是很嚴重的問題。」教練比了比球場示意俞皓看去。

俞皓把注意力從嚴正宇一個人身上轉到整場比賽，球場上正在進行五對五的模擬賽事，由隊伍一軍對抗二軍，照理說應該是毫無懸念的實力差距，但現在比分卻是二軍大幅領先。

這時一軍中鋒卡到了好位置，抓到了二軍落下的籃板球，快速傳給一旁的大前鋒，大前鋒再往外傳，幾個動作行雲流水配合很好，和他在隊伍中的時候並無差別，隊友的實力和水準並沒有退步，那這個比分差異是怎麼來的？

俞皓很快便發現了問題所在，擔任控球後衛的嚴正宇不管在哪個位置，都沒有隊友接應。不管是傳球還是被傳球的機會都相當低，逼得他只能自己帶球切入硬上，結果當然不會太好，失去了幾次得分機會惹得隊友抱怨連連，氣氛頓時變糟了。

「默契還沒練起來？」俞皓看著場上幾乎是四打五的狀況問道。

「不是默契問題，是彼此沒有信任關係。」皺著眉，教練指出更殘酷的事實現況。

「還需要時間吧？嚴正宇替補上一軍時間還不長，大家還需要調整節奏，之後會更好的。」俞皓看著嚴正宇再次孤身切入，不免擔憂起現況，試圖往較好的方向解釋。

感覺到危機過去，時燁蜜袋鼯又再次從俞皓領口竄出，抓著衣襟觀察，時不時抬頭啾了幾聲。俞皓自然是聽不懂，以為他無聊了，摸摸蜜袋鼯的頭部，低聲哄著，「等等給你吃點心，現在先乖乖的啊。」

時燁蜜袋鼯遭受到這種寵物的待遇表示憤怒，抗議地啾了幾聲，爪子也用力拍打著。

（老子是主人啊，主、人！傻瓜俞皓趕快完成任務，不要關心多餘的事情——但點心還是要吃的。）

無奈俞皓聽不懂動物語，完全忘了方思語的委託，和教練一起煩惱。

「正宇的個性恐怕短時間內很難融入球隊，但資格賽快到了。」教練頭疼地看著單打獨鬥的嚴正宇還有刻意冷落他的四個隊友。

俞皓理解教練的困擾，球隊一軍的實力照理來說應該能輕鬆碾壓二軍，現在比數卻大幅落後，顯示團隊合作崩塌的情況相當嚴重。

「你和大家都處得好，有時間幫教練勸勸他們吧。」教練拍拍俞皓的肩膀，向前靠向球場大聲地喊了暫停，嚴厲訓斥眾人的團隊合作狀況，但很明顯五人各自有各自想法，滿臉不以為然的表情讓俞皓旁觀著也擔心了起來。

打入全國大賽是俞皓的夢想，同時也是夥伴們共同努力的目標，俞皓以為有嚴正宇在隊上，即使少了自己應該也不會有問題，沒想到演變成這樣的態勢，若不改善恐怕在初賽就會被淘汰了。

看俞皓陷入自己的世界，完全忘了任務，時燁蜜袋鼯想要提醒俞皓委託，爬出半個身子撓著俞皓的下巴，俞皓一時忘了蜜袋鼯是時燁，以為小寵物正在安慰他呢，疼愛地親親牠的頭，「真乖，你在安慰我嗎？我們也差不多要回家了，再準備點心給你吃。」

雖然知道俞皓聽不懂，時燁還是忍不住大聲啾啾叫，順道給他幾拳，無奈爪子太小沒有殺傷力，只能翻著白眼任由對方將他帶離現場。

委託任務，失敗！

「浪費時間！」

回到俞皓家，時燁恢復成人身，冷冷地指責不務正業的俞皓一番。

「好啦、好啦，我不會再離題了。」

兩人決定改透過通訊軟體聯絡隊友，打聽情報順便了解嚴正宇在球隊的狀況。

傳完了短訊，看著面前一臉冰冷的時燁，俞皓連忙拿出費盡心思做好的現烤蘋果派討好對方。

「你看，這個是我剛剛現烤好的蘋果派，是特別為你準備的，而且蘋果都醃漬過，很入味喔。」看時燁迅速拿過盤子，大快朵頤的模樣，俞皓知道暫時安撫了他，小心地趁機提出要求，「對了……你上次說可以變成獅子，是真的嗎？」

時燁淡淡地撇他一眼，沒有理睬這個連小事都做不好的傢伙。

「很難是吧？想想也是啦，獅子耶，大獅子！有帥氣鬃毛的那種，身型比我還要巨大兩倍，怎麼可能輕易地就變身嘛～」

「激將法對我沒用。」時燁不屑地嗤笑，意猶未盡地砸舌，回味著兩三下就解決掉的美味蘋果派。

俞皓見狀立刻改變戰術，開口利誘，「如果你能變成獅子的話，我再給你做草莓派怎麼樣？」

這句話成功地讓時大爺動心，不廢話，手指一個動作就解開了領帶，行雲流水的動作散發著滿滿性感，惹得俞皓遮眼大叫，「等等，我先轉過身！」

俞皓背過身等待時燁變身，他真的很不習慣時燁每次變身都要先脫衣服這件事情。但對方理由很有道理，變小了衣服會掉地上會髒會被撿走，變大了衣服會被撐爆。哪有這麼多衣服好糟蹋？俞皓也只好接受時燁時不時寬衣解帶，還要替他把風。

時燁老是說大家都是男生害羞什麼，但他還是會感到不自在啊！再說時燁的身材……結實的體型、小麥色的肌膚……還有那個腹肌、大腿肌可厲害了，看了只會讓人徒增自卑而已。

聽著背後窸窸窣窣的脫衣聲音，俞皓試著轉移話題讓自己不要想像過度，隨口問道，「對了，你變身是可以自由控制還是強制性的啊？是詛咒嗎？還是有什麼家族傳說啊？」

「聽說是幾千年前有祖先跟什麼神戀愛，後來生出來的孩子有機率遺傳變身能力，一直到現在。」時燁一邊脫衣服一邊回答。

「哇塞，聽起來很酷耶！那要怎麼樣才能解除啊？要收集七種神器之類的嗎？」俞皓聽到千年前的傳說大為激動。

看動畫上這種神奇的事情都伴隨著什麼龐大的華麗設定，平凡的少年（也就是自己）某天遇到了神奇的意外（時燁變身），從這天起成為萬中選一的勇者，和他的小夥伴（幻獸或是魔法少女，也就時燁）一起踏上奇幻的冒險旅程，一路上遇到眾多美少女加入，理所當然開啟後宮充實的戀愛喜劇，小說不是都這樣寫的嗎！沉迷於奇幻小說的高中生俞皓腦補著自己就是主人公，興奮地痴痴笑著。

聽到俞皓的過度腦補，時燁忍不住吐槽，「白痴，你以為是小說嗎？根本無法可解。對我們家族的人來說很困擾，生活要處處小心，萬一被發現，整個家族就完蛋了。」

「什麼嘛，真無趣。」俞皓的勇者夢被戳破，惋惜地嘆氣，「不過你們的變身能力是可以自由控制的不是嗎？這樣很方便欸，只要小心不要被外人發現，如果怕被發現就不要變身就好啦。」

「不行，一定要固定變身釋放能量，否則會無法控制身體，被能量反噬，在非自願的情況下變成動物，甚至可能會無法變回人類，或是過了很久才變回人類卻遺忘人類的生活方式。」

俞皓聽了之後一陣哆嗦，「那也太可怕了吧！你們也真是辛苦，不過這樣一想，變身之後躲在家裡比較安全吧？你在學校變身多危險。」

「要消化能量必須模擬變身動物的生態，只是變完躺著的話是無法消耗能量的，很多先祖證實這點了。」時燁無奈回答。

「那……你們乾脆買一下個山頭，變身之後就在山頭釋放就不行了，還是乾脆蓋一個動物園？可以盡情模擬生態還可以有門票收入。」俞皓絞盡腦汁想要出點主意。

「吼——」

時燁這時已經完成變身，懶洋洋地趴在地板上，覺得四周有點擁擠，不舒服地用肉掌推開矮桌，想騰出更大的空間。這時聽到俞皓天真的建議，忍不住想吐槽，但忘了現在他已經變身獅子，只能發出單純的吼叫聲，還忘了控制音量，憤怒一吼相當具有威力。

俞皓一聽馬上忘了剛才的妄想，閃爍著星星眼撲向時燁獅，他對時燁人型的時候有點顧慮，但對方只要變成動物形態，俞皓就會忘了隔閡，絨毛控心大爆發。

他手腳並用地抱住時燁，搓揉著對方厚實的皮毛，輕輕地幫牠梳理帥氣的鬃毛，感受時燁獅有力的尾巴輕輕搖晃，時不時拍打在自己身上，真是太幸福了！

「吼……」

時燁獅對俞皓的「服務」感到滿意，又對他吼了一聲，惹得俞皓心花怒放地抱著時燁獅更緊了些，「太酷了啦，真的是獅子呢！好大隻看起來超級帥的！」

時燁獅身體被硬壓終於感到不舒服地吼了一聲，但俞皓聽不懂，好奇地繼續摸來摸去，一會兒抓著尾巴一會兒捲著鬃毛，獅子的帥氣外表讓俞皓迷了心神，不顧對方的感受硬是把全身重量都靠了上去。

「吼……吼！」

（雖然說可以讓你摸，但老子可不是你養的寵物任你揉捏！得讓這傢伙知道誰才是主人！）

時燁獅憤怒地抬頭，喉間咕嚕一聲，起身抖了下，將俞皓輕鬆地甩落，接著用牠的大掌壓制住對方。

忽然的天旋地轉嚇了俞皓一跳，他仰躺著看著威嚴的獅臉一臉不懷好意⋯⋯

不要問他如何看得出獅子的表情，他就是從越來越逼近的獅臉感覺到天大危機啊！溼溼的鼻子頂上他臉部的瞬間，俞皓忍不住壓迫感閉上了眼睛，接著一陣疼痛，時燁這傢伙竟然咬了他！

媽啊，被獅子咬了!? 他會死嗎？

「啊——！」

俞皓發出淒厲的慘叫，以為自己就要命喪時燁獅口下了，這時卻聽到周遭有聲音響起——『吵死了，別叫！』

舔砸聲在耳邊響起，俞皓張開眼睛發現時燁獅壓在自己身上，一下一下的舔著自己的耳朵，知道對方沒有失去理智，鬆了一口氣同時又恢復了痞性，「你幹麼突然咬我！你嘴巴這麼大就不怕咬死我啊？」

『為了讓你能聽懂動物狀態的我說的話啊，吶，你現在不就聽得到了？』時燁獅張大嘴吼了一聲，神奇地在俞皓耳中卻是時燁平常說話的聲音，字正腔圓每個字都能聽得清楚。

「聽到了！」俞皓發覺時燁獅能和自己說話之後，覺得人型時燁的距離感又回來了些，立刻改成跪姿，乖巧地替時燁獅按摩，「所、所以被咬一下就能聽到你們說話啊？」

看俞皓這麼上道，時燁瞇著眼睛享受，『也不是，咬了之後要舔幾下，交換體液就可以了。』

「你怎麼不用小型態咬我，獅子嘴一張我的頭都能咬掉耶。」想到剛才恐怖的體驗，俞皓忍不住抱怨。

『因為你太笨了，不讓你聽懂我說什麼無法溝通。』

「廢話，我又不會動物語。」被時燁瞧不起的俞皓嘟囔著抱怨。

『你是目前除了我親人以外，唯一一個可以跟我這樣說話的人。』時燁話中帶著些許恩賜的味道。

「……我又不稀罕。」俞皓撇嘴。

『那你不要摸。』時燁獅站起身離開俞皓碰觸範圍，還用尾巴掃掉他偷偷摸摸的手。

「那、那我不給你點心吃囉。」俞皓不滿，試圖反抗時燁的霸道。

『我又不缺東西吃。但你，只能摸我。』時燁獅瞇起漂亮的獸瞳，俞皓感覺從萬獸之王威嚴的臉上感覺到幾分小得意。

難道交換了體液之後，連心情都能夠讀得懂嗎？

時燁明顯占上風，絨毛控卻會過敏的俞皓只能再次認輸，簽下了一大串堪比甜點店的高難度清單，才終於得以靠近時燁獅，撫摸牠熱呼呼的毛皮，享受著短毛扎手的觸感，時燁獅也發出咕嚕咕嚕舒服的叫聲。

畫面如此溫馨但俞皓有些感傷。被發現其實自己有點手藝之後，俞皓成為時燁專屬的甜點奴隸，手藝竟然因為某人嘴刁而越來越熟練了。俞皓感覺自己點亮了不必要的技能，似乎再無翻身壓過時燁之機。

俞皓的感傷被急促的呼叫打斷，俞媽媽的大嗓門跟開門的聲音同時傳來，「寶寶啊，聽鄰居說你房間傳來尖叫聲還有動物的叫聲，沒事吧？」

「沒、沒有啊，我跟球球自己在家呢。」俞皓嚇得跳起來，趕忙推了半夢半醒的時燁獅一把，自己衝上前設法擋住媽媽的目光。

俞皓看媽媽越過自己肩膀往房內看的表情實在驚悚，嘴巴都合不上，想著應該是時燁來不及變成球球，忍不住煩惱該怎麼解釋自己房間內有獅子啊？

「寶、寶寶啊，這……是？」俞皓媽媽顫抖著手指，比了比俞皓後方。

俞皓僵硬地轉過身看向房間，想著騙媽媽獅子是模型的說服力多高時，赫然發現自己陷入更窘困的情況——時燁獅是即時消失了，可是、可是出現在他房間的是人型時燁啊！還是沒穿衣服的！

「媽、媽媽！這、這是我同班同學時燁啦。」俞皓結巴了半天也只擠得出來這句欲蓋彌彰的話，「是我班上三好青年啊，又高又帥家世又好，不是壞人啦。」

「阿姨好。」時燁從容地跟俞媽媽打招呼，聽到俞皓緊張狀態下的介紹忍不住噴笑，原來俞皓私下是這樣想自己的啊，三好青年？

「……寶寶，你跟這位男同學？」俞媽媽像是往那個方向自動腦補了，隱晦地暗示兒子給個交代。

「啊、啊，媽媽、媽媽啊……那個他……我……」俞皓想解釋卻又不知道該從何下手，只能持續結巴。他貧瘠的腦容量想不到任何說詞合理化自己房裡為何有一位裸體男性。

反觀自己的慌亂，罪魁禍首時燁若無其事的樣子讓他一肚子火，他裸著身體盤腿坐著，對他媽媽露出乖巧的笑容。還好時燁還算有羞恥心，前方有個矮桌擋住下體，讓他媽不會第一眼就看到什麼，但這傢伙也太坦蕩了吧？不管是態度還是軀體都毫不遮掩！只有他自己一個人緊張嗎？

眼看著現場溫度降到冰點，俞皓講話都有哭腔了，時燁才出聲解釋，「阿姨好，我是俞皓同學時燁，因為學校活動要量身，我才會把衣服脫掉的。」

俞皓聽到時燁的解釋連忙附和，「對對對，我們在量身，學校活動要做衣服啦。」

俞媽媽雖然對於量身為什麼要脫光抱持疑惑，但至少還是個可以假裝相信的理由，考慮到自己心臟的承受度。俞媽媽睜隻眼閉隻眼的接受這番說詞，委婉地提醒他們不要發出「叫聲」以免吵到隔壁鄰居。

看媽媽離開，俞皓鬆了口氣，一個眼刀就往後丟，「你怎麼不變成球球啊？一個裸體男生出現在我房間，我媽剛剛臉都綠了。」

「我忘了～」時燁完全不受到影響，平靜地回答。

「我怕我媽還忘不了剛剛的衝擊，你把衣服穿起來回去吧。明天球隊在公園球場有練習賽，我們去現場看看能不能打聽什麼，順便去釋放能量。」俞皓再次感受到這傢伙臉皮之厚，但也因此才暫時逃過媽媽這關，無奈地說道。「你明天直接變成球球來喔，免得又遇到今天的狀況。」

「那你來我家接我吧，球球身體很小很難背東西。」時燁穿好了衣服點頭。

「你之前不是都自己變身來我家嗎？那些東西藏哪？」

「先放在公廁或是投幣儲物櫃。」時燁經驗老到地分享訣竅，「有時候也會放在草叢。」

「難道不會被撿走嗎？」

「有時候會，所以要準備幾個藏匿點，光是藏制服的地方就有十個以上。」

「你的零用錢都是用在這裡吧？所以沒錢吃飯，只能吃我的。」俞皓滿臉同情。

「我的零用錢就算買一百套制服也綽綽有餘。」時燁不給面子地吐槽。

「呸，萬惡的資本主義，那你還吃我的喝我的用我的，可不可恥？」俞皓瞬間了解M型社會是不分年齡層的。

時燁看對方一臉憤慨，忽然興起了稍稍惡作劇的心情。

「因為我覬覦你啊……」語音拉得老長，語氣滿是曖昧。時燁俯身貼近，還沒穿著整齊的襯衫一顆釦子都沒扣好，衣襬在俞皓眼前晃盪。

「!?」俞皓驚悚地環抱自己的肩膀，「你覬覦我什麼？」

「蠢、笨、低能，當寵物剛剛好。」時燁露出促狹的微笑。

「……這有什麼好覬覦的。」俞皓知道自己被耍了，嘟囔說：「還有你才是寵物吧。我把你當孩子般照顧，只差把屎把尿了。」

時燁穿好全身衣服，帥氣地攏攏衣領，恢復高冷王子的模樣，默默補槍，「你不是照顧我，是侍奉我。」

俞皓為這傢伙無恥而無言，偷偷撇嘴表示不滿。時燁瞧見了也不生氣，隨手點開手機的影片播放，特地調大了音量讓他聽清楚。

『齁齁……齁齁……我是二年三班俞皓。』

『齁齁……齁齁……我是二年三班俞皓。』

時燁對著俞皓挑了下眉，一臉得意地朝俞皓揚揚手機。

俞皓立刻瞳孔放大。這陣子跟時燁相處得挺好的，再冷漠的氣場也是會習慣的，加成上時燁的吃貨屬性以及常變身成可愛動物，讓俞皓漸漸放下心防，完全忘了當時簽的不平等條約，只能心中懊惱。

該死的！怎麼會忘了要找時間刪除影片！這麼大的把柄落在時燁手上，真是永無翻身之日……俞皓感到悲傷，壓下心中憤恨，卑微地開口彌補。

「明天我會準備三層手工便當，第一層卡通造型飯糰、第二層十種口味一口三明治、第三層提拉米蘇蛋糕，主人覺得怎麼樣？」

「准。」時燁站起身，超過一百八的身高給俞皓帶來極大的壓迫。對方居高臨下地看著他，一臉高傲地點頭，還露出戲謔的微笑，那表情讓俞皓決定明天每個三明治都要吐一口口水才甘心。

凌晨五點。

俞皓天生的好脾氣讓他認命地早起準備三層便當，不但沒有吐口水報復，還想著時燁的口味來調味。

在手心抹上鹽水沾溼，趁煮好的飯還有溫度，揉捏出圓形的臉蛋，放涼之後再鋪上用海苔剪成的眼睛嘴巴，切成半圓形的紅蘿蔔是他的耳朵，切得釐米寬的蛋皮象徵黃色花海，剪成章魚形狀的一口香腸當成配件，擺進便當盒的第一層。

接著馬不停蹄地在切成手掌大小的吐司中夾入之前準備好的材料，鮪魚塊、起司、明太子、草莓醬、羅勒醬……等，各種豐富的內餡搭配可愛的叉子固定，第二層宣告完成了。

從冰箱拿出昨天做好的提拉米蘇，溼潤的蛋糕散發出咖啡酒的香味，俞皓咀嚼著多餘的部分後滿意地點頭，最後細心地灑上微苦的可可粉便宣告大功告成。

「好的！俞皓老師的美味教室示範到這邊。」對著不存在的攝影機，俞皓展示著自己的成果，「第一層造型飯糰便當主題是花海中的球球，第二層是十種口味的一口三明治，美味健康又不膩，第三層點心提拉米蘇加了咖啡酒，有點微苦的大人滋味會提升戀愛的層次唷！」

說著不知道從哪學來的介紹說詞，俞皓得意洋洋地賣弄著自己的成果。

不管是否自願，答應別人的事情就要做好，俞皓在這部分有點死心眼。方思語的委託也是，球隊的事情更是如此。

「接下來把便當裝進保溫袋中……呃啊啊啊啊！」俞皓打開櫥櫃拿出媽媽的野餐保溫袋，震驚地發出驚恐的叫聲。保溫袋上綴著滿滿的花朵圖案，富貴的牡丹、盛放的玫瑰、小巧的雛菊，充斥著媽媽喜好的花色讓俞皓臉上三條黑線，沒有一個是能讓他這個十七歲高中生有勇氣背出門的。

翻遍了櫃子都沒有其他選擇，俞皓只能無奈選了稍微樸素的雛菊圖案，小心翼翼地將便當放入其中。

「差點忘了……這一包才是重點啊。」俞皓提起放在旁邊，昨晚精心準備好的巨大背包，露出開心的表情準備出門。

拎著大包小包的行李，照著地圖定位前往時燁位在郊區住宅社區裡的家。光是抵達社區門口就要從捷運站轉搭專屬接駁車，到社區門口還要身分盤查，與住戶確認完畢後，再乘訪客小巴到時燁家所在的大廈一樓。前前後後已經花了將近半小時。幾番波折終於抵達目的地，俞皓氣喘吁吁地扛起自己的行李，等著時燁來接他。

這種層級的保全實在是俞皓生平初見，現在他完全相信時燁所說，自己的零用錢夠買一百件制服的狂語。這幾個月時燁把他吃到山窮水盡，但因為心疼對方身懷祕密很辛苦，俞皓一直婉拒對方支付食材費，想來實在太蠢了。

痛心地反省同時，俞皓盯著一身休閒打扮的時燁朝自己揮手，眼睛忍不住盯著他的衣服……應該都是名牌吧？當初因為衣服LOGO繡著奇怪的文字，還以為是路邊攤呢，現在想想真是天真！應該是那種連自己都不認識的外國名牌吧！畢竟路邊攤哪會有這麼好的材質和帥氣剪裁呢？

盤算著該怎麼把損失討回來，時燁一靠近，俞皓便伸出手，捏住時燁的衣服下襬輕輕摩擦，果然，極好觸感就是品牌的最好證明。

「你幹麼一來就上下其手？」時燁看著背著大包小包的俞皓一臉痴迷地摸著自己（的衣服），困惑地問道。

時燁知道俞皓生性單純，好騙好掌控，連根本稱不上把柄的威脅都能讓俞皓這個傻瓜嚇得服服貼貼，但腦袋簡單不代表好猜測，有時候時燁也不知道俞皓腦袋裝了什麼，可能是漫畫看太多，老是把書裡的套路串進現實，經常有奇怪的言行舉止。

幾個月的相處讓時燁心態漸漸有了轉變，一開始只是想懲罰俞皓不知好歹、整整對方而已，沒想到這傢伙竟然還能處處配合，對俞皓好感度大幅提升，雖然有時候是傻了點，但誰沒有缺點呢？

「好啦，別摸了。喜歡的話我送一件給你，但可能尺寸對你來說太大了，要把袖子捲起來。」

時燁看上俞皓在廚藝上的附加價值，決定紆尊降貴跟他成為朋友，只是沒交過朋友的他表達方式顯然不佳，俞皓聽了只覺得這傢伙在諷刺他矮。

時燁完全沒有感受到俞皓的憤怒，逐步地放寬自己的領域界線，讓俞皓一步一步踏進自己的私生活，甚至讓俞皓來家裡接他，打算把生平第一個朋友介紹給父母認識。

當然這只是時燁大少爺單方面的認定，被欽點的俞皓根本沒有接收到對方的示好，還在想著如何討回自己的損失。

「你家很有錢吧？」俞皓抬頭看著時燁，嘩地一下伸出手。

「？」時燁冷下臉來，以為俞皓跟小時候的同學一樣，知道了自己的家世之後就想占便宜，不過之前那些人還知道委婉討要，直球出手的倒是很少，這個俞皓終究是他看錯了嗎？

「現在想想我還真是倒楣，遇到你就破財。第一次摔壞了手機，花了我好幾千塊修螢幕。為了每天做便當作點心給你，我家食材的消耗速度是平常的三倍，我媽還生氣扣我零用錢，我心想你身懷祕密一定生活辛苦，才沒跟你拿食材費，結果看來根本不是這回事啊。」

俞皓生氣地朝時燁晃著手，「告訴你喔，從今以後你吃多少付多少！別想再騙吃騙喝，我都被吃到破產，幾個月沒錢買漫畫了。」

時燁臉上三條黑線，雖然知道俞皓是個傻子，但到這種程度真是讓時燁……很放心呢。

這麼傻實在太好了。

「人傻真好。」時燁忍不住露出笑容，拿過俞皓手上的包包往電梯口走，「你帶了什麼東西這麼大包？而且包包上面這麼多碎花好醜。」

「我就是傻之前才會被騙，這幾個月吃掉的可是我一整年省吃儉用的零用錢和壓歲錢耶。」俞皓看對方不只打馬虎眼還笑他，小脾氣也上來了，嘴裡不停嘟嘟囔囔。

「我什麼時候騙你了？什麼時候說我很窮了？你之前不還說我是三好青年嗎？」時燁忍不住失笑。

「……………呃。」

對啊，好像是耶，時燁有說自己生活困難嗎？自己也一直有耳聞對方家世很好啊。說穿了，一切就是發現時燁的祕密之後擅自腦補的嘛……冷靜想想這傢伙茶來伸手飯來張口，一臉少爺樣，絲毫沒有為了祕密所苦的感覺啊。

「包、包包是我媽的啦，一時間找不到這麼大的包，還不是都裝了你的東西，你再嫌就不給你了。」啞口無言的俞皓頓時連耳根子都紅遍，只好生硬地改變話題。

「是是。」

時燁知道俞皓臉皮薄，再說下去大概就要惱羞，便把心中的揶揄硬吞下。對於自己的小寵物，時燁還是知道什麼時候該揮鞭子，什麼時候該發糖的。

「好啦，我們先上樓，我爸媽很想見你。」

「你爸媽想見我？為什麼？」俞皓困惑。

按下電梯樓層，時燁把包包放到俞皓頭上，惹來對方白眼。

「你是我這幾年唯一帶回來的朋友啊。」欺負人成功的時燁開心地補充。

俞皓心中震驚，不知道自己該把重點放在哪。

他們不是霸凌者與被霸凌者的關係嗎？什麼時候變成朋友啦？就算關係一日千里，也頂多進步到同學關係吧？不過時燁剛剛又說是這幾年唯一的朋友——意思是，這傢伙從來都沒有朋友？

也是啦，個性這麼乖僻又惡毒，平常一臉高冷，骨子裡卻滿腹壞水，要不是自己脾氣好，百般妥協，不然怎麼可能平安相處到現在！因為沒有朋友，所以不知道朋友的相處之道……根本是小學生嘛！是不是把這種扭曲的欺負誤以為是友情啦？

唔……不過……時燁身上藏著那種祕密，不敢跟人做朋友也是情有可原，看在時燁教了自己這麼多功課，還有從小這麼辛苦的份上，就順著他吧……

「……你那是什麼讓人火大的憐憫眼神？到了啦，快滾出去。」

俞皓又自己變本加厲、加油添醋了時燁從小不幸的交友關係，以為時燁因為變身祕密而不敢與人交友，扭曲性格都是因為不諳人際造成……

殊不知真相根本是時燁看不上別人罷了。

「好啦、好啦。」沒有發現自己對時燁的底線屢屢下修，俞皓乖乖跟上對方。

第三章　請不要把兒子託付給我，我不是你媳婦啊。

「喔喔喔喔……哇……欸……喔喔……」從電梯到玄關，從玄關到客廳，俞皓不停發出無意義的聲音。

精緻華麗的巨大水晶吊燈——砸下來絕對會死人的那種程度。

黝黑發亮的真皮沙發——從皮革味就散發出高級感。

時尚感十足的各式家具——宛如電視節目才會出現的高檔設計。

進了時燁家，俞皓立刻被這挑高樓中樓的格局以及豪華擺設嚇到。

富麗堂皇的程度實在不是自己家那種普通民宅能相比，有這種豪宅不住，時燁天天跑來自己家擠幹麼？

不知道俞皓內心的糾結，時燁拉著俞皓坐上沙發。時燁的爸媽表面上客氣，卻難掩興奮地對俞皓上下打量了好幾眼，還盤問了他家裡的情況，從父母親職業到住家屋齡幾年都問得一清二楚。俞皓不知道自己是來朋友家作客，還是上門提親被找碴的女婿。

「皓皓啊，伯母多問了幾句請你不要介意啊，實在是我們家情況太特殊了。」沒過半個小時，時媽媽已經親熱地替俞皓取了小名。

俞皓客點頭表示瞭解。心中對於這種見『見家長』的情況感到不自在，偏偏只有他一個人如此，時家上下倒是親熱的宛如認識了十年一般的自來熟。

「時燁小時候曾經被綁架過，之後就沒聽他跟誰親近過，這次帶了朋友回來，我們真的很開心。」時爸爸一臉感慨地說。

俞皓聽到綁架經歷有點訝異，但也不好問太多，只是看著時燁淡漠的表情，心中又軟了幾分。

「是啊，因為家族的事情，我們兩個人總是得不停飛到世界各地，能照顧時燁的時間不多。他也不想跟著我們到處飛，還好這次交到了好朋友，讓我們放心許多。」打扮高雅、氣質溫婉的時媽媽像是想到當時的情況，抹了抹眼角。

「您、您們放心吧，請把、請把兒子交給我……不對！我、我會好好跟時燁相處的！」

在時爸時媽的溫情攻勢下，俞皓慌張地承諾，打從進家門之後就端著一張傲嬌表情的時燁，此時也露出笑容。

心中其實也是七上八下的時燁，看識人嚴格的父母親都認同了俞皓，心中不免有些得意。

自從那件事情之後，家族對時燁的人際關係看得很緊，若是覺得有二心之人，家族通常不會留情，直接斬草除根。畢竟時燁是少數還有變身能力的後代，這次時爸時媽特別為了見俞皓一面、親自判斷而回國，畢竟知道祕密的人可能是盟友也可能是危險。

血統祕密太過驚世駭俗，要注意後代不能忽略與社會接軌，又必須讓孩子們理解人際交往的危險性。時爸時媽專門負責處理家族危機，外表看似親切的兩人其實是擁有許多手段的，對於俞皓的事情最初也曾考慮過直接抹殺，因為時燁的求情才暫時列為到觀察期，沒想到時燁還跟對方處出了友情。

「一想到當時的事情就覺得害怕，對吧老公？」

「是啊，時燁這麼小就遇上那麼可怕的事情，這輩子絕對不想再經歷了，對吧老婆？」

「皓皓啊，時燁就拜託你照顧了，伯母我好擔心啊～」

「俞皓啊，要請你多擔待時燁了，伯父我好不放心啊～」

「我、我會保護時燁的！我會讓他幸福的！」俞皓已經語無倫次。

時爸時媽看著眼冒金星的俞皓，一方面覺得安心，一方面也覺得這孩子真是地表難得一見的單純。簡單幾句話就讓他敞開心扉，眼眶含淚誓死保護時燁祕密的模樣實在太逗了，對他也有了幾分真心的喜愛。

「爸媽好了啦，有話下次再聊。我跟俞皓今天還有事得忙。」

時燁看爸媽有開始多話的跡象，連忙拉著俞皓進房，畢竟今天他們倆還有正事要做。

從緊繃的提親狀態下（？）放鬆的俞皓，立刻又轉為好奇模式，打量著時燁的房間。擺設簡單，黑白色系為主，整齊到像是沒人居住，不過確實時燁這陣子都住在他家，根本沒回家。

「你家這麼豪華這麼大，幹麼老賴在我家？」俞皓無法理解，一臉羨慕地看著坪數跟他家客廳一樣大的房間。

「我家很無聊，沒你家好玩。」時燁翻找著行李袋。

「我家哪裡好玩？又小又擠。」俞皓坐在時燁房間的沙發上，抱著柔軟的抱枕，看著時燁瞬間把房間弄亂。

「我爸媽平常都不在家，一個人很無聊。你喜歡，要不要搬進來？」時燁不喜歡一個人在家，偌大的空間卻沒有生活感，只有自己一個人實在太寂寞了。

「你是想叫我來做免費幫傭吧！」俞皓有一瞬間為這個提議心動，但仔細一想立刻撇嘴反駁。

想想時大少爺什麼貨色，在俞皓家裡就茶來伸手飯來張口，連移動都讓俞皓抱著，如果自己真搬進來住會不會連澡都得幫他洗？

「奇怪……怎麼都找不到？」時燁一邊碎念，一邊把隨手翻過的東西扔在地上，不到一會兒時間，地板上就充斥著衣物及各種雜物。

「看看這樣誰敢跟你住啊……」俞皓突然想到剛才沒說清楚的話題，瞬間坐直身子興致勃勃地發問，「欸，你爸媽剛剛說你小時候被綁架過，是怎麼回事啊？是被無良科學家發現你的變身能力嗎？還是馬戲團商人！」

「……如果真的被發現，我還能活到現在嗎？早就被抓去做實驗了。」朋友再蠢也是自己找的，時燁心裡說服自己冷靜地回答，「是在人類的模樣的時候發生的。」

「大爺，求詳細啊，什麼時候發生的事？是警察攻堅救你出來的嗎？有發生什麼槍戰之類的嗎？」平凡少年俞皓顯然沒有這麼刺激的體驗，八卦地繼續追問。

聽到俞皓妄想全開，時燁嘆氣，「幼稚園的時候，大概四、五歲吧，細節我也記不清楚了。又不是電影哪會有什麼槍戰，我自己逃出去的，還好關我的房間不是密閉空間，我變身成老鼠從窗戶爬出去。」

「四、五歲——！」俞皓驚叫。

時燁以為俞皓是在心疼自己這麼小就遇到危險，難得地覺得有些害羞，同時也得意自己小小年紀就夠聰明獨立，脫離危險，等著對方稱讚他。

「——你那時候變身是動物小時候的模樣嗎?」不料俞皓關注的點顯然跟自己預期的不一樣。

「……對啊,變身的年齡會自動跟動物年齡轉換。」沒有得到想要的反應,時燁有些不開心。

「太過分了!」俞皓突然站起來大叫,眼中閃爍著異樣的熱情。

「那就是小奶狗、小奶貓、小奶鼠的樣子囉?天啊!我應該那時候就要認識你!這樣我就能抱到球球小時候了!還有小獅子啊啊啊啊啊——!」俞皓一臉痛心疾首,彷彿錯過什麼大事件。

時燁看俞皓緊抱著抱枕磨蹭的樣子,慶幸自己沒有太早認識他,不然當時年幼體孱的動物形態應該會被這不知輕重的傢伙玩壞吧。

(朋友再蠢也是自己找的、再蠢也是自找的、自找的、自找的……)

看著俞皓持續惋惜尖叫的模樣,時燁決定時刻把這句話牢記在心。

找了半天還是找不到可以替換的袋子，時燁抱怨著都是家務阿姨把東西整理到不見。俞皓看著滿地混亂，心裡再次刷新了時燁少爺的生活能力。

「算了啦，我們快去球場吧，不然比賽都要結束了，你先變身吧。」俞皓提起沉重的袋子，決定結束時燁毫無建樹的行動。

「你有什麼計畫嗎？」時燁俐落地解開身上的衣服，看俞皓害羞地迅速撇過頭，忍不住低笑。

「問題其實很單純，就是團隊默契不足，等等看看狀況隨機應變吧。」

俞皓站起身，一臉熱血地發表著自己的計畫，但說穿了沒有任何計畫，看俞皓胸有成足的模樣讓時燁忍不住吐槽。

「汪（這哪叫計畫？），汪汪（而且任務才不是這個吧！）。」

「乖乖，我們趕快出發吧。」

「汪（不要忘了真正的任務）！」

雖然能聽懂對方的動物語，但小狗模樣的時燁，實在讓人難以升起懼怕之心，俞皓淡定地將對方的吐槽略過，一手抱起時燁小狗，提起行李，準備出發。

「啊，等等。」俞皓像是想到什麼，又把行李放下。

「汪？」時燁困惑歪頭看著俞皓的舉動。

「你家有籠子嗎？」俞皓嚴肅地詢問。

「汪（什麼籠子）？」

俞皓乾咳一聲忍住噴笑，一臉正經地解釋，「搭乘交通工具，必須把寵物放進籠子裡，這是大眾運輸法規定的。」

「汪汪汪（你敢）！」時燁就算變身也是自由來去，沒想過竟然有一天要被關起來，瞬間憤怒大叫。

「你就忍耐一下嘛，不然我們怎麼移動。」俞皓蹲下來揉揉時燁小狗身子安撫。

時燁小狗悲憤地大叫，接著蹦到了地上，從被丟得到處都是雜物中托出了一個小箱子。

「汪汪（打開）。」

「裡面是什麼……哇靠，好多錢。」俞皓被箱子裡滿滿的紙鈔嚇到。

「汪汪（是我的零用錢），汪汪（我們搭計程車吧）。」

「搭計程車也要用籠子吧。」俞皓為時燁土財主的行為激起基層民眾的自尊心，一心想要把時燁塞到籠子裡。

「汪汪（不要。），汪汪汪（給司機多一點錢吧），汪汪（然後你全程抱著我）。」

「不要！我要背那麼多東西，你乾脆變成人形，到那邊再變小狗好了。」俞皓看時燁使喚他很理所當然的口吻，有骨氣地一口拒絕了。

一心想輕鬆當大爺的時燁發現俞皓不滿，連忙使出必殺技——

「汪？」軟軟的肉球爪，輕輕地搭在俞皓腿上，烏溜溜的眼睛似水含波，無辜地看著俞皓，汪了一聲撒嬌。

啊啊啊啊——球球太可愛啦！

俞皓在心裡大聲尖叫，想立刻蹲下抱著球球磨來蹭去，但被欺壓久了，產生了一些抵抗力，俞皓勉強維持著不滿的表情撇開頭。

時燁用爪子搔搔對方也不見反應，看俞皓還是維持四十五度角望天，在心裡嘖了一聲，決定採用新的戰術……

球球失落地走向牆壁邊緣，然後背對著俞皓——坐了下來。蓬鬆的小屁股坐在地板上，兩隻腳伸得直直的，爪子還扶著牆壁抓著，從背影看去就是楚楚可憐的模樣。

俞皓看到球球這麼委屈的背影，再也無法假裝不在乎，一個箭步衝向前跪下，把球球抱在懷中，用力地磨蹭著大喊，「球球對不起！都是葛格的錯，球球當然不想關在籠子裡，是葛格太過分了！等等我們就用時燁的錢搭計程車，葛格一定整趟路都把球球抱在懷裡。」

計策成功讓時燁得意不已，舉起爪子搔搔俞皓的臉，教訓他竟然想把時燁大爺關進籠子。雖然心中覺得俞皓剛剛的話有哪裡怪怪的，但心情甚好的時燁決定忽略這小小的不自然感。

俞皓被時燁一番表演迷惑，艱辛萬分地單手抱著球球，肩背起兩大袋行李，搖搖晃晃地離開時燁家搭上計程車。

時燁也知道該是時候發糖了，時不時伸出舌頭舔舔俞皓的臉頰和手，乖巧地扮演著可愛寵物的模樣，把俞皓哄得無法思考，抱起小狗臉貼臉地磨鼻子。時燁覺得這樣的距離有點太貼近，連忙用腳推開俞皓的臉，然而忘了球球真身是時燁的俞皓，只是樂此不疲地湊向前，硬要跟球球親密接觸。

在一陣打鬧中，兩人抵達了目的地，時燁小狗趴在俞皓肩頭，一同踏進了公園裡的戶外籃球場。由於剛剛時燁找東西花了太長時間，練習賽已經即將開始，場上球員們正在熱身練習。

「皓子！」籃球社的朋友們發現他的身影，立刻大聲地呼喚俞皓。

俞皓把行李放在長凳上，跟大家揮了揮手，不忘抱緊懷中的小狗安撫。

「好啦，球球要乖乖的喔，我們專心看比賽吧。」

時燁心中的違和感再次冒出，覺得俞皓跟幼兒說話的態度實在有點奇怪，畢竟自己不是真的狗啊。

雖然心中有著疑惑，但公眾場合也不方便吐槽對方，時燁轉轉身子，找了個舒服的觀賽姿勢，懶洋洋地窩在俞皓懷抱中。

看著球球在自己懷中一臉享受的大爺樣，俞皓心中滿是憐愛，親暱地啄吻了球球的頭頂幾下，惹得時燁不耐地一掌揮開。

球場邊一人一狗氣氛溫馨和諧，球場上卻是凝滯的僵局。

球賽才剛開始，俞皓學校這邊就出現了各種失誤。跳球後無人接應、傳錯球給敵方……低級錯誤不斷，團隊氣氛明顯越趨劣化，甚至出現隊友彼此場上責怪的聲音。

「怎麼會這樣呢……」俞皓發現情況比自己想像的更嚴重，忍不住用力環抱球球，想要換取心靈安慰。

對籃球沒興趣，昏昏欲睡的時燁冷不防被勒了一下，連忙用腳掌拍打提醒俞皓，但對方渾然未覺、越勒越緊，讓時燁憤怒一聲大叫──

「汪──！」

雖然個頭小，發出的聲音可不小。時燁這番怒吼讓整個比賽節奏停下，大家面面相覷看著俞皓的方向，讓他羞恥地低下頭，手掌輕輕拍打球球的頭頂教訓牠。

俞皓學校趁機喊了暫停，將所有球員集合在一起訓話，希望趁著這個意外打斷對方節奏的機會，重挽劣勢。但團隊問題顯然沒有解決，四個球員聯手排擠嚴正宇，讓他摸不到球，教練又氣又急，球員們卻不願承認，還指責是嚴正宇不積極跑位。

無可奈何之下，教練只能將嚴正宇換下，替補上其他球員，教練這番棄一保四的做法，讓覺得自己沒有任何錯誤的嚴正宇心中不滿，下場之後獨自走到離球隊遠遠的另一頭長凳，頭上披著一條毛巾，不發一語地望著地板不再說話。

俞皓看著嚴正宇，心中充滿擔憂，拖著一大袋行李和球球靠近教練，教練看著更換球員後，表現恢復正常的一軍球員，濃眉皺得老緊。

「教練……」俞皓打了個招呼。

「俞皓，現在是不是到了壯士斷腕的時刻？」看著場上，教練沒頭沒腦地丟了這句話出來。

對於教練的問題，俞皓沒辦法回答，他知道教練已經在評估將嚴正宇正式從一軍替換下來的可能。嚴正宇沒有犯錯，但教練必須從現況判斷，做出對隊伍有利的決定。

俞皓明白其必要性，但卻忍不住想，這是最快的方法，但是最好的方法嗎？壯士斷腕，壯士無奈，但被斷之腕更是無辜啊。

看著坐在偏遠角落的嚴正宇，俞皓說不出同意的附和。

「嗶——」

在俞皓心煩意亂，想不到好主意的狀態下，評審吹響了比賽終結的哨音，一改頹勢，俞皓學校隊伍取得了勝利。球員們歡呼下場，看到來探班的俞皓，歡喜地一湧而上，沒有任何人將眼光投向嚴正宇。

俞皓看到哨音響起那刻，嚴正宇身體顫動了一下，抬起的頭在聽到隊友的歡呼聲剎那又再次低下。看著他的方向，俞皓因無法想像嚴正宇的心情發愣，直到時燁球球咬了他一口。

「哇，俞皓你真的是賢妻良母耶。」球員們快手快腳地打開了俞皓的行李，拿出了三層便當大快朵頤了起來。

「就是啊，這次還三層！謝啦！比賽完正餓著呢。」

「好久沒贏了！超爽的！」

「今天這場比賽，很明顯就是沒有絆腳石，一切很順利啊。」

「沒錯！少了討厭鬼，我們才能正常發揮啊。哈哈，這三明治超好吃！每個口味都不一樣欸。」

以前比賽的時候，俞皓也沒少做過便當，球員們以為這次也是探班的點心，如此自動的行為惹得時燁憤怒吼叫，但被抱在俞皓懷中的小博美狗沒有絲毫震懾力，時燁只能眼睜睜看著自己的豪華便當被一群臭烘烘的體育男子大口吞食，急得他輕咬了俞皓一口。

俞皓感覺到疼痛，分神回來，運動完的球員已經快將便當分食乾淨，俞皓連忙放下球球，搶了幾個三明治裝在盤子裡。時燁對此甚感安慰，歡快地在他腳邊汪汪叫著打轉。

「汪（快給我吃）！」

但時燁的吠叫聲淹沒在人聲中，俞皓沒聽到時燁的呼喚，而是朝嚴正宇的方向望去。

穿著球衣的嚴正宇維持著同樣的姿勢，一個人孤獨地坐在遠處的板凳上，不靠近也感覺得到嚴正宇散發的排斥氛圍，頭頂上的毛巾遮掩了四周的聲音，汗水一滴滴落在地面上，俞皓看著覺得像是眼淚，一陣心酸忍不住朝他走去。

「汪（你要去哪）？」時燁困惑地跟著俞皓的步伐打轉卻得不到絲毫注意。

「嚴正宇……吃點吧？」俞皓在嚴正宇身邊坐下搭話，將三明治放在兩人中間。

「學長，你是來笑話我的嗎？」

嚴正宇沒有改變姿勢，依然低著頭，緊握的雙手倏地握緊，俞皓能從他突然緊繃的肌肉察覺嚴正宇的防備。

「有什麼好笑話的？」俞皓試著輕描淡寫地帶過，「每個人都有狀況不好的時候。」

「我沒有狀況不好！是他們不願意傳球給我，讓我根本沒有表現的機會！」嚴正宇被俞皓的回答刺激，猛地抬頭反駁。

俞皓很少看到嚴正宇這麼直接地顯露情緒，緊繃的下顎微顫，黑髮滴著汗水一滴滴地從額頭順著臉龐落下，不時滑過他因氣憤而通紅的眼睛，讓俞皓看著就覺得難過，像是看到了他用憤怒隱藏著的悲傷。

「你知道為什麼隊友不傳球給你嗎？」

「因為我不是你，他們不願意承認我能取代你的位置！」

時燁根本無心理睬兩個人的針鋒相對，他一心只想捍衛自己最後的食物，無奈板凳比他直起身的身長還要高出許多，扒拉著也搆不到邊。時燁憤怒地低聲吠叫，希望俞皓理睬他，但絲毫得不到任何關心。

「那為什麼後來大毛替代你上場，卻獲勝了？」俞皓沒有用柔軟的話語安慰，而是直視著對方說出殘酷的實話。

嚴正宇迴避俞皓的視線，難堪地望著地板不發一語。

「是你不信任隊友，只想著表現自己。」

「哈，那他們有信任過我嗎？我只能靠自己。」嚴正宇反駁，聲音透露著嘲諷與不甘。

時燁不放棄地跳上跳下試圖登上板凳，時不時爬上俞皓的腳，想透過助力成功登頂，可惜俞皓一點也沒注意到他的努力，還伸手把他惱人的小動作撥開，惹得時燁更加憤怒。

「汪汪汪（臭俞皓）！」時燁叫喊無用，氣得用犬牙一下一下磨著俞皓的小腿，可惜只吃了滿嘴腳毛。

被拔了好些腳毛的俞皓，終於想到備受冷落的時燁，但一門心思只放在開導學弟的重點任務上，根本忘了時燁大爺的需求，一個彎身便把時燁狗狗牢牢地抱在懷中，一下一下地順著毛，但絲毫不給他掙脫打擾嚴肅談話的機會。

忙著呸出滿嘴腳毛的時燁錯過了搶食的絕佳時機，任憑他吠叫或是扭動都無法逃出俞皓的懷抱，只能看著三明治飢腸轆轆地低聲吠叫抗議。

「你打的位置，是控球後衛吧。」俞皓『解決』了小搗蛋，重回問題現場。「控球後衛，比起自己的得分，更應該想著如何幫助隊友得分。」

「……我有信心，只要我拿到球，能比他們得到更多的分數。」迴避了俞皓想表達的重點，嚴正宇為自己辯解。

「籃球是團體運動，每個人都有自己的位置和必要的職責。」

「不管是誰持球，能得分才是重點。」嚴正宇卻不以為然。

俞皓看見嚴正宇撇了嘴，一臉明顯不認同，苦惱不知道該怎麼表達才能讓對方理解。

「汪汪（這麼死腦筋，就讓他被退出啊。）」時燁看掙脫無望，也跟著插嘴表達意見。

「你有很好的技巧跟判斷力，如果可以配合團隊，一定能做得比我還好。」俞皓苦口婆心地持續勸說。

「學長也認同我的實力吧？既然如此是誰應該配合誰呢？」嚴正宇有些火氣，扔下頭上的毛巾，不爽地說，「國中的時候，我都沒有遇到這種情況。難道不是學長們刻意排擠，不讓我正常發揮嗎？」

「那是當時你們球隊縱容你獨大，但現在的球隊是講求均衡表現。」

「汪汪（不要管他啦）。」

「學長一直針對我，卻不去思考今天是誰導致了這樣的局面嗎？」

「我也知道其他人有地方做得不對，我會幫忙勸說他們，但如果你能先退一步，情況會好轉很多。」

「汪汪（這傢伙太幼稚了）！汪汪汪汪（趕快問他喜歡什麼點心，然後回家吃我的三明治啊，都要乾掉了）！」

俞皓面對冥頑不靈的嚴正宇已經覺得頭痛不已，時煒還在那邊搗亂，偏偏他們倆人現在能溝通，使得俞皓不停被時煒的插嘴分心，口吻也難再保持客觀冷靜，浮躁的情緒讓嚴正宇受到刺激上了火氣。

「憑什麼要我先退一步？我做錯了什麼？」嚴正宇憤怒起身。

「汪汪（因為你蠢）！」

「大家都有錯，但如果你可以先退讓一步，事情比較好解決。」

「我錯了什麼？從頭到尾都是我單方面被迫接受不公平的對待。學長你在的時候，明明我的表現比你好，卻不讓我升一軍。接著你退出，我遞補上一軍，其他隊友又排擠我，我遇到的這些情況，難道不是學長害的嗎？」

「汪汪汪（有事情都怪別人最簡單）！」

俞皓心煩意亂，乾脆捏住時煒的嘴讓他不能繼續插嘴，氣氛越談越火爆，俞皓也不想再勸，「你當然可以怪在別人身上，但這樣你遲早會被迫退出一軍，這難道就是你希望的結果？」

從教練幾次將他從場上換下，嚴正宇心中一直隱憂著被替換的可能，這下俞皓直接往他痛處戳，讓他惱羞，大手一揮將三明治打落在地咆哮，「我根本不稀罕這種球隊！」

時燁看著自己僅剩的三明治大餐被如此糟蹋，一個氣憤，猛力脫出俞皓禁錮，一個飛越就咬住嚴正宇的手掌。

雖然時燁沒用太大力氣，但仍將嚴正宇的手掌虎口咬出了傷口，俞皓連忙抓回時燁護在懷中，生怕對方失去理智會傷害他。

嚴正宇看著自己手上的傷口，那一絲疼痛讓他從失控的情緒恢復了冷靜，嘲諷地向俞皓一笑，「學長，我現在跟你一樣，因為受傷不能歸隊練習了，請幫我跟教練請假一段時間吧。」

「等、等等！」俞皓看嚴正宇就要負氣離開，連忙出聲阻止，「是球球的錯，可是那個傷口不大，重點是你現在請假離隊，真的可能會被換掉啊。」

「但學長也覺得，這樣是對球隊最好的選擇吧？」嚴正宇看著俞皓，臉上沒有絲毫表情。

俞皓說不出話，只能看著嚴正宇離開，筆直的背影透著灰暗的絕望，明明是這麼喜歡籃球的孩子，卻被逼到用這種理由放棄，俞皓想到自己的情況，覺得同步了對方心中的難受與痛苦。

「汪汪（假鬼假怪，根本沒受傷吧。）」時燁看著俞皓的表情覺得不太妙，只好幫自己找點辯解的話，卻沒想到根本火上加油。

「球——球——！你完蛋了！你真的完蛋了！你怎麼可以亂咬人呢！還有剛剛我在跟人家談正事，你一直插嘴！」

俞皓聽到時燁傷了人還說這些沒良心的話，氣得抓住他小巧圓滾的身體，對著他的屁股一陣擊打。

「汪汪（你打我）！汪汪汪（你怎麼敢打我）！」

「汪汪（俞皓）！汪（住手）！」

「汪汪（嗚嗚）！汪嗚嗚嗚（放……開……我）。」

時燁被抓住動彈不得，在大庭廣眾下被打了好幾下屁股。從來沒有遇過這種丟臉的事情讓時燁近乎崩潰，但無論叫得多悽厲都得不到俞皓的原諒，硬生生被打了十幾下才放開。

第四章　到底是誰被誰『吃定』了。

「對不起啦！」俞皓雙膝跪在時燁座位前方的椅子上，雙手合十歉疚地向時燁道歉。

時燁大爺恍若未聞，目光只膠著在書頁上，連一個眼神回應都不給俞皓。

俞皓知道這次是自己理虧，一時忘了球球的真實身分，把時燁變身的博美狗當成是自己的寵物，在球場上惡狠狠地教訓他，而且還是用打屁股這種羞辱的方式。

等俞皓怒氣消了、動作停下的時候，時燁立刻竄離現場，然後兩人進入冷戰，不回俞皓訊息、電話，學校也當作對方是透明人。

「是我當時被嚴正宇氣昏了頭，一時衝動了。時燁，你不要生氣了好不好，我給你做了便當，這次是五層的喔！」

這段時間下來，俞皓也知道時燁的軟肋，油鹽不進，但收吃的！

在時燁桌上，俞皓一層一層地公布五層便當盒的豪華內容。

「第一層是造型飯糰，各種小動物的形狀搭配上海苔外衣，一口一個口味唷！有你最喜歡的明太子、鮪魚內餡呢！」

看時燁注意力逐漸被吸引過來，雖然還是一臉高冷樣，但眼神已經逐漸移往便當了！俞皓給自己點了個讚，繼續賣力介紹。

「第二層是綜合沙拉，是你最喜歡的凱薩沙拉醬，上面撒著的麵包丁都是烘烤過的，充滿蒜香又酥脆，我另外裝在小碟子裡，不會被沙拉葉弄軟的。」

時燁假裝自己還看著書，但完全沒翻頁的動作透露出他的心神已經轉移，鼻子靈巧地隨著食物散發出來的香味動了動。

「第三層是十種一口三明治，燻鮭魚、醃火腿、藍莓果醬、榛果巧克力，有甜有鹹包你吃不膩！」俞皓發現了時燁的動作，技巧性地將便當盒放在他的眼前，直接壓住了他的書占據他的全部視線範圍，看時燁沒反對，俞皓就知道成了。

「哎呀，俞皓你媽媽太閒了嗎？一個午餐幫你準備了五層便當啊？」一道女聲從旁橫入，硬是打斷了時燁享受俞皓巴結饗宴的幸福時光，讓他不開心地給了個冷眼。

俞皓看好不容易哄過來的太子爺心情瞬間又降到谷底，心中也是一陣懊惱，口氣自然不怎麼好，「方思語，幹麼啦？」

方思語看著俞皓的五層便當，擅長烹飪的她起了好奇心，手一伸就自動揭曉了第四層跟第五層的內容。

「哇，第四層是新鮮水果，全都削皮了還拼盤出小狗的圖案；第五層是草莓派啊！俞皓你媽媽不愧是烹飪教室的老師，太厲害了。」

時燁對旁人的冷漠與不關心，在方思語擅自打開自己的驚喜時已經轉變成不滿，待她手捻上『自己的』草莓派還抓了一塊享用，搶食舉動直接觸了他的逆鱗。

「有事就說，沒事走開。」時燁粗魯的將便當蓋上，不再給方思語動手動腳的機會。

俞皓看時燁嚇得方思語臉都白了，只好出面緩頰，「時燁心情有點不好，妳不要理他，有事跟我說吧。」

時燁被俞皓一番『你不要理他』激得又起了情緒。

明明俞皓是自己難得認可的朋友，但怎麼一認證了這個關係，俞皓反而得寸進尺起來，不但沒大沒小欺負他，還幫不相干的人欺負他？

時燁心裡細數『成為朋友』之後遭受的委屈，鼻子小聲地哼了下表達不爽，俞皓一聽就知道自己完蛋了。

忍著後腦麻麻的不祥預感，俞皓勉強地朝方思語微笑詢問，但眼神中散發著有事快說沒事快滾的暗示。

「沒、沒有啦，只是想問你嚴正宇的事情怎麼樣了。」方思語平常雖然因為俞皓人好沒顧忌，但現在兩人之間這種生人勿近的氛圍，她還是能讀懂的。可為了自己的幸福，她只好白目一回了。

「啊！」俞皓一聲驚呼，完全忘了這件事情。

那天惹了時燁不開心，俞皓只記得要補償時燁，完全忘了方思語的不重要委託，摸摸鼻子有點尷尬。

「嚴正宇不吃點心。」這時時燁開口替俞皓回答。

「嗯？」俞皓疑惑，他怎麼不知道這件事？

「啥？嚴正宇不吃點心？那我不就沒機會表現了嗎！」方思語懊惱地驚呼。

「嗯。」時燁淡漠地點頭，將五層便當疊回裝箱順序，放到自己腿上，一手拿過海苔捲吃著。

「怎麼這樣……我聽說嚴正宇最近手受傷都不能去練球，還想給他做點心打氣呢……」方思語沮喪地喃喃抱怨，因為沒了動力，也沒有糾纏俞皓的心情了，乖乖地就回到座位。

時燁三言兩語就打發了礙事者，心滿意足地捧著自己豪華便當享用著。

「你怎麼知道嚴正宇不吃點心？」俞皓好奇地問。

俞皓回想起來，嚴正宇每次在經理發放點心的時候都沒拿過，只喝水跟運動飲料，沒想到時燁私下探聽到了這些。

時燁一口一個飯糰，優雅卻迅速地消化，一派冷靜地回答，「我亂說的。」

「你亂說的？」俞皓張大眼睛，傻愣地重複。

「嗯。」時燁毫無愧疚心，大方地點頭，「不然你一直忘記執行任務。」

「這種事有必要撒謊嗎？」俞皓為這傢伙的道德低下感到汗顏，但意外成為共犯的他只好壓低聲音質疑對方。

「方思語想要一個答案，那就給她一個不就解決了嗎？」時燁伸出舌頭舔了下黏在手指上的鹽粒，露出狡猾的笑容，「別忘了跟她索取報酬。」

「你騙人家還有臉索取報酬……」俞皓無言。

「你覺得嚴正宇還有心情吃點心嗎？他連球都不去練了。」時燁解決了第一層便當後，在沙拉撒上蒜香飄逸的麵包酥，喜孜孜地享用了起來，還一臉振振有詞。

「是這樣說沒錯……啊，我忘了幫嚴正宇請假。」俞皓用力拍了自己額頭。

「你忘了幫他請假？不過他手受傷不能練球的事情已經傳開，那就代表大家都知道了。」時燁看俞皓一臉內疚，心生不滿，「呿，那一點小傷，還真虧他有臉找這種藉口。」

俞皓不知道時燁心中所想，逕自煩惱了起來，「既然不是我說的，就代表嚴正宇自己請了假……唉，他心中一定很難受，雖然不想放棄，又不知道怎麼辦……只好先逃避，但怕絕了自己後路，只好出此下策……」

想到自己經歷過的事情，俞皓過分投射嚴正宇的心情，一個人喃喃自語，完全沒理睬時燁大爺對於便當的美味評價，讓時燁累積的憤怒爆發了。

「喂，俞皓！」時燁拿起三明治在俞皓鼻子前晃了晃，俞皓沉浸在思考中，香香的食物迎面而來，他沒多想張口就咬下。

「……」看著被咬了一半的三明治，時燁鈍感心痛，深怕眼前這個傻瓜繼續任意侵害自己的財產，連忙將另外一半送入口中。

「既然我都吃了，你就把那另外一半給我不就好啦？」俞皓吃了半個三明治之後回過神，看時燁火速吞噬剩下的半個，忍不住吐槽，「有我的口水，你也不嫌噁心。」

「每個口味只有一個，分給你就少了一個。」時燁又伸出舌頭舔舔手指上的餘韻，那是他吃到美食意猶未盡的習慣動作。

「什麼分給我，這是我做的耶。」俞皓看時燁誇張護食的舉動，忍不住起了惡作劇的心，伸手從便當盒中拿了個三明治迅速地塞入嘴裡。

俞皓怕時燁搶，兩三口就將三明治吞嚥下肚，得意洋洋地朝時燁炫耀，「我剛剛吃的這個，是我覺得最好吃的一個口味，你要不要猜猜是什麼味道？」

俞皓看著時燁被他一連串的攻擊舉動搞得無言，心中出了口惡氣，繼續不知死活地挑釁，「每個口味的三明治只有一個。這個口味你吃不到，好、可、惜喔！」

時燁看俞皓一臉得意洋洋的模樣，挑了下眉，起身俯向俞皓，右手拇指伸向俞皓嘴角抹了一下，然後動作極慢地在他面前伸出舌頭舔了一下拇指。

身邊同學都看到了時燁的動作，從起身探向俞皓，再到觸碰嘴脣邊緣的瞬間，接著性感地舔拭拇指做結尾，宛如 SLOW MOTION 鏡頭一般緩慢，不怕你看只怕你錯過。

「哇靠！他們在幹麼？」

「難怪我覺得他們最近好得不尋常，原來是在談戀愛啊！」

「所以剛剛方思語過去找俞皓才會惹得時燁吃醋不開心啦！」

俞皓被時燁嚇傻了，眼睜睜看著對方靠近，行雲流水的曖昧動作完結才回神。聽到同學們的竊竊私語四起，他才驚覺時燁的陰謀，一個劇烈後退從椅子上栽了下來。

俞皓漲紅著臉，低著頭躲避同學探尋的目光，小心地從地上爬起坐回原位，看著當事者時燁一臉大爺樣，還一下一下地舔著自己拇指似乎在品嘗回味著，俞皓氣急敗壞地抱怨，「時燁！你、你搞什麼啦！」

「是洋蔥鮪魚醬，還好這個味道我沒有很喜歡。」時燁看著幾乎把臉埋到桌子下的俞皓，心情大好，甚至朝他拋了個微笑。

「還好意思說你沒有很喜歡，你把我當妹撩喔？你用這種傷人一百自損五十的報復很幼稚欸，到時候同學又不是只取笑我。」俞皓深吸了幾口氣，安撫了下自己的小心臟，翻了個白眼。

「我又沒差。」欺負了俞皓一把，時燁心情變好了，慢條斯理地繼續享用自己的大餐，「而且我也不會這樣撩別人。」

「什麼意思？」俞皓感覺自己寒毛豎起，手一伸就是個空手道的防禦姿勢。

時燁笑將食物塞進口中，咀嚼了半晌，笑咪咪地在俞皓的注視下將嘴唇壓在拇指上，「這樣算撩嗎？」

俞皓提高警覺看著時燁的動作，太過專注的結果就是回味起剛剛的接觸，嘴脣邊緣被碰觸過的地方覺得癢癢的。

時燁將親吻過的拇指，伸向俞皓比了一下——

「那我只撩你。」

身邊傳來女生的抽氣聲，俞皓的頭重重地擊向桌面，要自己冷靜下來。他將紅通通的臉埋在桌下，無奈地說，「你根本不知道什麼叫『撩』對不對。」

時燁用鼻音『嗯』了一聲表示回答，心不在焉地舔著拇指回應，「撩，就是挑撥的意思吧。我連話都不想跟其他人說，怎麼會去撩別人？所以我說只撩你，哪裡不對？」

「……你還是不要說話好了。」俞皓生無可戀地將臉扳到桌面上，真想叫這傢伙回去重讀人際關係與中文使用時機。

時燁根本不管自己製造了什麼軒然大波，只顧自己的口腹之慾，興致勃勃地跟俞皓說，「其實我覺得洋蔥鮪魚醬，味道越嘗越好耶。」

「知道了知道了！我回去再做一百個三明治給你，你在學校不准靠我太近！也不准摸我！」俞皓看時燁兩眼發光的樣子，倏地摀住自己的嘴，就怕他哪根腦筋不對又做出什麼破天荒的蠢事。

時燁得到了保證，心滿意足地點頭。覺得俞皓果然是欠教訓，給點顏色才知道誰是老大，以後再敢忽略他，他就這樣『撩』俞皓幾下。

聰明如時燁怎麼會不知道『撩』的意思？他是故意欺負俞皓臉皮薄，看著俞皓害羞臉紅到耳根的模樣，就覺得舒心。

「在學校不能靠近，那就是說私下可以。」

「沒想到時燁看來高冷，其實是野獸派的……」

俞皓一邊看著時燁得意洋洋地吃著自己親手做的便當，一邊聽著同學們荒謬地猜測，再次決定把臉壓在桌面上，當作自己剛剛都在午睡什麼都沒發生！

「這種互動方式，一定是高冷鬼畜攻X賢慧健氣受！」

……什麼攻什麼受，當作沒聽到吧。

「俞皓這種小身板，我覺得是強勢霸道攻X隱忍懦弱受啦！」

……誰跟你是小身板！老子肌肉好歹也有……一塊！

就當作在午睡……就當作在午睡……俞皓趴在桌上，心中喃喃自語。

放屁！時燁這個亂噴費洛蒙的混蛋！憑什麼我就是受！還是弱受!?難道就沒有陽光健氣攻X傲嬌女王受這種組合嗎!?

歷史說，安內再攘外。

俞皓解決了時燁，接下來自然是要處理嚴正宇。

「正宇，重要的是你不是一個人！」

「你知道嗎？人這個字其實是由兩筆畫所組成的……就像人與人之間的相處……」

「團體之所以重要是因為人無法獨自存活……」

時燁看著俞皓拿著一張紙在房間裡繞圈，呢喃著宛如演講比賽般矯情的字句，本來邊吃點心邊看戲的他忍不住吐槽。

「你跟嚴正宇有熟到可以直接叫他的名字嗎？還有你哪裡抄來的噁心台詞啊？一點說服力也沒有。」

「就是在網路上找了一些名句啊，我看電視劇演那些叛逆的學生，聽完這些都會痛哭流涕改過自新耶？」俞皓尷尬地抓抓頭髮，看著時燁面露不安。

「零分。我保證嚴正宇還沒聽完就會離開。」

時燁懶散地靠在俞皓的床邊，修長的食指咻地朝俞皓丟出一顆花生米。

「哎唷，你不要老弄亂我的房間好不好。」俞皓嘟囔著撿起時燁亂扔的花生米，一邊收拾著時燁吃完點心之後隨手製造的碎屑垃圾，

「既然已經完成方思語的委託，那就不用管嚴正宇的事情了吧？」時燁手上拿著的正是方思語的報酬——親手做的花生夾心蛋糕。

「你真的好意思吃人家做的點心欸。」俞皓在心中暗自翻了白眼，「這兩件事情不一樣啦，球隊對我很重要。」

時燁有一下沒一下地啃著蛋糕，看起來興趣缺缺，習慣性地舔著拇指評價，

「其實也沒多好吃，你嚐嚐？」

俞皓看過時燁的吃相就知道大爺並不滿意，好奇地走過去嘗了一口，「甜味很生硬，內餡應該是用現成花生醬做的吧，原料香氣不夠。」

「嗯，不好吃，枉費我們花時間做任務。」時燁懨懨地抱怨。

「你哪裡花時間做任務啦？」

「我陪你跑了幾次體育館，還陪你練習這種蠢到爆的台詞。」時燁仰躺在床，抱著鬆軟的抱枕，懶洋洋地反駁對方。

「現在狀況真的不太妙，雖然我誇大了嚴正宇的傷口數倍，但他已經超過兩週沒露面，教練快壓不住其他隊員的抗議了。」俞皓皺著眉，憂心忡忡地說，「其他隊員那邊也是端著學長架子，兩邊都不肯退讓。」

「嚴正宇自己不想解決，你能逼他嗎？」

「明明是很簡單的事情啊，他只要跟大家道歉，其他人也會明白，然後大家盡釋前嫌，一起努力衝刺全國大賽！」俞皓握拳，一臉充滿希望。

「別傻了，你以為是熱血運動漫畫啊？現實生活中只會有破壞你夢想的壞事發生，嚴正宇雖然無辜，但也是自找的。」

俞皓愣住，看著時燁半晌，覺得相當洩氣，「我知道現實是這樣沒錯，只是覺得就這樣屈服太讓人難過了。」

本來只是隨意回應的時燁看著沮喪的俞皓，像是被打開了什麼開關，直起身試圖表現積極，「咳……也不一定是這樣啦，不是說上帝關了一扇門就會幫你開啟另外一扇窗。」

「沒門就不能出去啦，有窗有什麼用……又不是小偷，還要爬窗嗎？」

時燁雖然什麼都擅長，唯獨對人際關係特別不拿手，平常活潑的俞皓總會活絡氣氛，一旦俞皓陷入低潮，時燁發現自己說不出什麼厲害的安慰，苦惱了起來。

「演練再多，直接去找嚴正宇問個清楚吧？」時燁一把抓起俞皓，難得多管閒事了一把。

如果俞皓會因為這件事情不開心，那就解決他吧。時燁的心依然是向著自己朋友的。

「也是！」俞皓拍拍自己的臉頰振作起來，兩人一起走出俞皓房間。

只是俞皓心中仍有著壓力，一邊穿著鞋準備外出，一邊緊張地問著時燁的意見，「你覺得要怎麼樣能說服他啊？」

在俞皓心中，時燁總是有一股從容感，雖不刻意，卻顯得與眾不同，讓他不自主地依賴對方，同時也對此有些自卑。

偏偏低情商的時燁絲毫沒有發現俞皓的糾結，他對嚴正宇的事情沒有想法也沒有責任感，穿上鞋拉拉衣領隨口回答，「不用說服他啊，他決定留就留，走就讓他走。」

「……你只是在看熱鬧吧？我是真心想幫球隊解決這件事情。」俞皓聽了時燁回答，有點不開心。自己放在心尖上的事情，卻被對方敷衍的回答。

「人生要為自己的選擇負責不是嗎？」時燁感覺到俞皓的不快，有些困惑，「嚴正宇如果要因為這些無聊理由退出，之後就算後悔，也是自己應該承受的。」

「不一樣，有的選擇不是自願的。」俞皓知道時燁的客觀評論沒錯，但心中總是覺得太過無情，低著頭悶悶地回應。

「哪有什麼選擇不是自願？」時燁沒發現俞皓又變得怪裡怪氣，打開了門就要朝外走，「每一個選擇都是自己的決定不是嗎？」

俞皓看著打開門的時燁沐浴在一片金黃色的陽光下，逆光讓他看不清楚對方的表情，但卻清楚地感受到時燁身為天之驕子的距離。

時燁是天生具有優勢的人啊，做什麼決定自然不會後悔，他有絕對的能力可以為自己負責。

和天生平凡的自己不同。

自己和嚴正宇一樣，老是為了雞毛蒜皮的小事衝動，卻拉不下臉修正，最後後悔不已。

這樣的他，哪有什麼能力和資格跟時燁做朋友。

一時間自卑作祟，俞皓將時燁推出門，然後用力地關了起來。

「俞皓，你幹麼？」突然被推出去的時燁一頭霧水，想開門卻無法，在外頭大聲呼喚了幾聲得不到回應，時燁後知後覺地發現了異狀。

俞皓脫下鞋，跑回房間，重重地將自己拋在床上，將頭埋進枕頭裡，連外來的聲音都想隔絕。

讓他沮喪一下吧，為自己的渺小難過，接著就能夠站起來去面對現實了吧？

俞皓無法解釋自己沒來由的心情，只能選擇逃避。

「咪嗚（你怎麼啦？）」

但時燁顯然沒有這份敏銳和體貼，他變身成貓咪，熟門熟路地就從窗戶跳進房，還用貓咪的肉球拍拍俞皓的頭。

被負面情緒淹沒的俞皓痛恨著自己能和時燁溝通的能力，用力地將枕頭往耳朵壓，不想聽見任何聲音。

「咪（不舒服嗎）？」

時燁貓咪看俞皓沒反應，調皮地用貓手抓亂了俞皓的頭髮，平常這樣的小動物互動總是能讓俞皓開心。

「你先回去吧，我有點不舒服。」知道自己狀況不好，俞皓勉強打起精神回答時燁，可惜聲音被悶住了，時燁聽不清楚。

「咪（你肚子痛嗎）？喵喵（吃太多拉肚子嗎）？」時燁擔心地想看清楚俞皓的表情。

「沒事啦……可以讓我一個人靜一會兒嗎？」俞皓知道時燁的擔心，但心中滿滿的自卑作祟，只想把他趕走。

「喵喵（那我們來吃東西吧）？」時燁擠進枕頭和俞皓的縫隙間，偏執地用小爪子扒拉著要把俞皓抓出來。

「夠了夠了！」俞皓被扯痛了頭髮，低谷的心情被逼到絕境，忍不住揮手撥開時燁貓大吼，「不是什麼事情都能順著你。」

時燁貓被推到地上，愣了一下，接著豎起貓毛憤怒地咪嗚叫，「喵喵（俞皓你發什麼神經）？」

俞皓吼完之後發現自己的失控，連忙降低音量，「我說了不舒服，你別煩我了。」

時燁沒遇過俞皓這麼反常的模樣，被無理對待讓他有點生氣，一個跳躍撲到俞皓頭上一陣亂抓，「喵喵（給你點教訓）！」

俞皓的心情本來就在低點，又被時燁這幾下糾纏弄得火上加油，一個用力就把時燁貓抓了下來，扔在床上。

明明自己是一番好意，甚至變成了貓咪想要取悅俞皓，怎麼俞皓不開心還對他發脾氣？

「咪——嗚（俞皓，你忘了誰才是老大吧）！」身形有些吃虧讓時燁灰頭土臉，他看俞皓一點面子也不給，習慣性地就要威脅他，喵喵大叫了起來。

「所以說你根本不是想跟我做朋友，你只是把我當奴隸！說穿了你跟本瞧不起我。」平常俞皓一定知道時燁的威脅就是紙糊的，才不會因此動搖，但這種情況下，俞皓隱藏著的陰暗面突然擴大一口氣爆發出來，讓兩人的爭執越演越烈。

「喵喵——（是寵物！俞皓你答應成為我的寵物的！）」時燁發出高分貝的嘶吼聲。

「我就是倒楣！遇到你就是倒楣！我根本不想跟你成為朋友。」俞皓被貓咪尖銳的叫聲逼得頭痛，摀住耳朵就朝時燁一陣吼。

「咪——嗚——喵喵——」

時燁貓聽到俞皓的回答一陣狂叫，但俞皓卻發現本來在自己耳邊清晰的人聲消失了，傳來的只有貓咪的聲音。

俞皓為這個變化懾住了，看著眼前有著蓬鬆毛髮與斑駁花紋的貓咪，正對著自己一陣叫囂，這是時煒嗎？還是只是一隻普通的貓？

「喵喵——」貓咪正朝著俞皓咆哮著，張牙舞爪的揮動著自己的爪子。

怎麼突然聽不到時煒的聲音了？

俞皓蹲下身，看著不到自己膝蓋高的小貓咪，伸手想抱起對方，「時煒，不知道為什麼，我聽不懂你說什麼了。」

時煒貓看著俞皓的動作，憤怒地揚揚爪子，直到聽到俞皓說聽不到他的聲音，疑惑地嗚了一聲。

「喵——喵喵——咪嗚——」貓咪用爪子撥開俞皓的示好動作，試著對他說話。喵來咪去了好幾分鐘，看俞皓一臉呆愣的不解模樣，時煒貓才相信俞皓說聽不懂自己說的話是真的。

時煒從小是人生勝利組一員，對自己充滿著信心，就算身懷著龐大的祕密，也從不為此困擾，依然活得恣意妄為。

放任某人知道自己的祕密、決定讓對方成為朋友，再到同意讀懂他變身之後的想法，所有的事情都是第一次。一路上時煒順著自己的心情，主動而單方面地將自己的信任交了出去，他自信地以為這些是自己的寶貝，俞皓被選中成為唯一擁有者只有感激的份，即使對方偶而抱怨也只當是朋友間的打鬧，就算剛才吵到一人一貓打了起來，時燁也不當回事。

直到俞皓說『他聽不懂了』，時燁才知道，俞皓是真的否定了兩個人的友誼，所以交換的『承諾』才會失效。

還有什麼比這個事實更殘酷？時燁第一次感覺到了背叛與受傷的情緒，不甘心地咪嗚叫喚著。

看著俞皓憐愛卻滿臉困惑的表情，時燁終於知道自己心中一直隱藏著的不安是什麼。時燁就算變身動物，他還是知道自己是時燁；俞皓不同，他對『時燁』和『時燁變身的動物』是區別對待的。

時燁享受變身時，俞皓的包容與寵愛，以至於分不清俞皓心中微妙的分別，以為身為小動物時享受的特權跟人型的時候是一樣的，不自覺地放縱了起來，將俞皓的照顧當作了理所當然。

現在真的是……難堪又直接的回答。

時燁憤怒地伸出爪子往俞皓看來善良可欺的臉上揮去，看到對方吃痛地摸著臉頰，滲出了點點血跡，時燁心中沒有報復的爽快，只感到悲傷。

朝著已經無法溝通的俞皓齜牙咧嘴了一番，從來時的窗戶飛躍而下，離開俞皓的房間。

俞皓摸著臉頰上的傷口，絲毫沒有接收到時燁的想法，只覺得時大爺又任性了，但剛剛自己也突然失控，實在沒什麼立場責怪對方。

不過，嚴正宇的事情，又該怎麼處理呢？還是應該如時燁所說，直接問問看吧？

拍拍臉頰想振作精神，不料打在傷口上，俞皓默默地反省起自己過度投射情緒的遷怒行為，明天再好好地做個便當道歉吧。

脾氣和煩惱來得快也去得快，俞皓簡單處理了傷口之後，快速地傳了訊息給時燁道歉。沒有得到回應也只當作對方傲嬌發作，神經一條直線運作地便倒頭睡著了。

第五章 『朋友』這件事情，是誰、哪一刻被定義的？

俞皓察覺到時燁的不對勁已經是過了幾天，因為對方好幾天沒有來學校了。

不回訊息也見不到人，俞皓阿Q地固定傳送示好的短訊。

『對不起啦，我自己當時心情不太好，遷怒你了，明天做便當給你吃。』

『你今天沒來學校？不會是因為生氣吧，哈哈。』

『你明天會來嗎？我再做一次五層便當吧！』

『你比較喜歡草莓還是檸檬塔？』

『你還在生氣嗎？還是遇到什麼事情啦？』

趴在學校桌子上，俞皓嘆了口氣，時燁已經有一週沒來學校了，傳去的訊息已讀不回超過了五十句，難道時燁遇到了什麼困難嗎？

會不會是小貓狀態被衛生所抓走了呢？俞皓苦惱著，手賤地又輸入一串文字

『你還活著嗎？還是4G沒繳費只能已讀不回？』

「白——痴！如果沒繳費連讀都不能讀啊。」時燁朝俞皓頭頂一個敲擊。

俞皓聽到時燁的聲音激動地抬頭說，「你還活著！」

時燁忍住翻白眼的衝動，逕自走向自己的座位坐下。

俞皓看到時燁之後，通訊軟體上的嘴賤勇氣瞬間萎縮，磨磨蹭蹭地走過去對方身旁，像個小媳婦一般低聲問，「那你幹麼都不回我訊息？我還以為你氣到不想理我。」

「我家裡有點事。」時燁從書包拿出下一堂課的課本翻閱，看到俞皓一臉委屈的表情，隨手拿起書往他頭上敲，「你也知道我在生氣？還傳那種欠揍的訊息過來，你打算怎麼補償我？」

俞皓被時燁暴力對待反而覺得心裡舒坦。厚臉皮壓榨自己的S態度果然才是正常的時燁啊！心中暗暗地唾棄自己的M屬性，俞皓蹲在時燁桌旁喜孜孜地分享自己近日的反省成果。

「我每天都有準備五層便當，誰知道你都沒來學校，害我一個人硬撐著吃完，都胖了一圈。」俞皓看時燁沒有異常態度，放下心來跟對方玩笑，雙手撐在桌子邊緣，露出疑惑卻憨傻的笑容詢問，「你吃這麼多為什麼不會胖？」

時燁看著俞皓的笑容，心中壓抑的情緒差點化為怒火爆發，但他只是嘆了口氣回應，「『那件事』消化的能量很大。」

那天時燁離開俞皓家，心中的憤怒與難過無法消化，只能用肉體的激烈運動發洩，他從牆頭跳到電線杆，再飛越到人家的屋頂上，幾趟狂奔之後，他停在一棟十層高的大廈樓頂休息。

終究是被背叛了。

交付出去的真心，沒有得到等價的回應。

不過如此而已。不過，如此而已。

舔拭著自己飛竄而變得凌亂的貓毛，時燁坐立在高樓頂端看著夜景，萬家燈火而他始終只有一個人，一直以來都是這樣。

從小他就知道自己的特殊，也在幾次危機中領悟了人性的陰暗面，但時燁依然渴望和普通人一樣，有著同年齡的朋友，為著微不足道的事情煩惱和爭吵，但就和他不平凡家庭一樣，他的人際關係始終無法順利展開。

在他逐漸放棄，接受現況封閉自己的時候，俞皓出現了。

老天爺所安排的意外，覺得自己擁有優勢的時燁賭上了祕密做為代價，不動聲色地考驗俞皓，一次次地曝光自己的底線，而俞皓的表現讓時燁放下心防。雖然俞皓不聰明但是個好人。

俞皓接受了自己的特殊，對他並無利用的私心，甚至給了他父母都忽略的關懷與疼愛，即使那些包容有點寵物式的幼稚，但時燁感到滿足而幸福。一天天地加深了自己對他的喜歡，連他自己都驚訝在這麼短的時間內，就對俞皓產生依賴，認可了這個『朋友』。

才會在發現自己的一廂情願時覺得疼痛。

「咪嗚——」

時燁發出了一聲叫喚。

闇夜寂靜，沒有人或任何聲音回應他，沒有人能理解他想說的、想表達的，不管是悲傷還是憤怒，都只能獨享而無法共鳴。

曾經以為俞皓會是那個人，而今卻被『背叛』了。

不過這也不是什麼第一次的體驗了，只是又回到形單影隻的狀態罷了。就當這陣子的相處是不存在的，沒有和俞皓產生過交集，也不稀罕對方的回應，時燁哼了聲表示不在乎。

這些天，時燁放逐自己，在街頭上晃蕩，變身成各種動物著發洩能量，偶爾潛入各式人家惡作劇。和沒有遇到俞皓之前的生活一樣，時間雖多，打發打發著就過去了。

只是回到了自己空曠的家，時燁總覺得特別寂寞和飢餓。

不管吃什麼，再貴、再好吃、再有特色的食物都不合胃口，肚子飽了卻總是空虛，回家看到俞皓的訊息，總是忍不住讀了然後忍耐著不回。

哼，他才不稀罕俞皓廉價的道歉，俞皓根本不知道他傷害了什麼，而自己也不屑乞憐。不需強求他人的感情，否則只會更受傷而已。

只是時燁終究耐不住心中的渴望，在俞皓去上學的時候，時燁變身成博美狗球球，潛入俞皓家向俞媽媽賣萌換取餵食。

吃著熟悉口味的食物，時燁覺得心中的空虛感稍稍被滿足了。聽著俞媽媽自言自語或是和別人聊天時透露的訊息，時燁被迫接受俞皓的大小故事：一直到小學還尿床、從小打架不管贏還是輸都會哭、數學特別差只有體育神經發達……

時燁回憶起俞皓呆頭呆腦的模樣。

哼，果然就是個憨直的蠢蛋，沒神經的草履蟲！

上午是俞媽媽的餵食搭配故事秀，下午時刻時燁就偷偷竄進俞皓房間，看著俞皓漸趨自言自語的簡訊，時不時用鼻子發出哼哼的聲音吐槽。

『對不起啦，我自己當時心情不太好，遷怒你了，明天給你做便當。』

太遲了！我一點也不稀罕！

『你今天沒來學校？不會是因為生氣吧，哈哈。』

……還敢笑？果然和這傢伙劃清界線是對的。

『你明天會來嗎？我再做一次五層便當吧！』

不會，就算有五層便當，也不會。

『你比較喜歡草莓還是檸檬塔？』

……草莓塔，想吃。

『你還在生氣嗎？還是遇到什麼事情啦？』

『這幾天都沒有聯絡，你還好嗎？』

『就算在生我的氣，也要回訊息啊，不然我要去流浪動中心還是警察局找你呢？』

『我每天都做了五層便當等你來喔，回個話吧。』

為什麼……覺得肚子很餓呢？就算吃飽了，心中還是空蕩蕩的。

一想到俞皓的事情就覺得生氣，但何必跟這蠢蛋計較這些？被傷害了就要加倍回報對方，就這樣躲開的話，豈不是輸給了俞皓，太輕易放過他了！握有把柄跟優勢的人應該是自己，怎麼變得被動了？不要把俞皓當朋友就好！一開始就不應該放寬界線，俞皓只是奴隸而已，定位清楚的話，就不會混淆，也不會搞錯關係而受傷。

在不知覺間，時燁的心情從跟俞皓劃清界線轉變為好好教訓俞皓一頓。於是時燁來上學了，看著俞皓笑得沒心沒肺的蠢樣，時燁忍住暴打對方一頓的欲望，只是小幅度的敲著對方腦袋，嘴裡碎唸，「肚子好餓，忘了吃早餐。」

俞皓忍受著時燁的不疼但惱人的小動作，用力拍胸脯保證，「那中午我餵飽你。」

時燁再敲了俞皓腦袋一下，報復性地揉亂他的頭髮，俞皓沒有反抗，反而笑得傻兮兮的，一副蠢樣還是讓時燁彎起了嘴角。

既然本大爺相中了俞皓，那就慢慢來吧。這麼笨一定很好騙，等到把俞皓收編到勢力範圍跑不掉之後，再狠狠教訓他，讓他知道自己之前有多愚蠢！

時燁哼哼哼地扯起嘴角笑著，俞皓不明所以但也好心情地蹲在一旁陪他，氣氛轉變讓周圍同學都發現了，在一旁竊竊私語。

「『那件事』消化的能量很大，你覺得是哪件事？」

「還有哪件事？俞皓不是說了中午要餵飽時燁！」

「哎唷——我們才高中生欸！他們這樣好嗎!?」

對這些閒言閒語，平常總會暴怒的俞皓笑咪咪的無視了。

嗯嗯，這樣的日常才是最美好的生活，時燁不生氣實在太好了。

被評價為頭腦簡單的草履蟲，很多事情俞皓自己想不清楚來由，但跟時燁吵架多久心情就低落多久，壞情緒一直懸著很難受，因此俞皓很開心能夠解決與時燁之間的爭執，這樣他才有餘力去關心嚴正宇。他一次只能思考一件事情啊。

俞皓重新將嚴正宇的問題放上待辦事項。

「所以，你想了幾天，有什麼計畫？還是依然要走八點檔勵志劇路線？」

中午時燁被俞皓拉出教室，兩人躲到偏遠的樓梯角落吃便當。

雖然在樓梯角吃飯又冷又不方便，但俞皓實在受不了班上同學的關愛目光，他臉皮可沒時燁這麼厚。

「你不是說那樣很老梗，所以我放棄了。」俞皓細心地在樓梯鋪上紅白格紋的布巾，再將便當一層層地展開，取出裝著熱湯的保溫瓶，把簡陋的樓梯布置得像是野餐現場一樣。

「那你也放棄多管閒事了？」時燁不等俞皓開口，眼明手快地就進攻自己喜歡的食物。一陣子沒有吃到俞皓的料理，時燁得承認這也是他原諒俞皓的關鍵理由。

男人啊，果然被抓住胃，就忘了自己的原則呢。時燁在心中感嘆著俞皓的卑鄙（？），一邊暗自盤算自己有什麼地方能吸引俞皓。眼下情況對自己不利，要想辦法刷高好感度啊。

沒發現時燁的心思，單純的俞皓給他一個白眼表示抗議。

「這才不是多管閒事！為了我所珍愛的球隊未來與心理健康，」俞皓握拳看向天空，豪情萬丈地宣言，「我決定像個男人，跟他單挑！」

聽到俞皓的宣示，時燁一手一口的快速連續進食動作停滯，遲疑地再次確認，「你認真的？這就是你的新計畫？」

「帥吧？是不是特別有男人味？」

「是挺帥的……」想著俞皓媽媽跟親戚談的育兒技巧第一章『兒子順毛摸就好操控』，時燁勉強點頭，給予表面上的支持。

「果然啊——男子漢就是直來直往！我下午就去他們班上找他，給他個挑戰書。」俞皓得到認同，興奮地揮舞拳頭展示自己不怎樣的拳擊技巧，「我看漫畫都是這樣，男人跟男人之間就是要直接對決！在一陣浴血奮鬥之後，我獲得最終勝利，然後就可以成功收編一個小弟。」

……俞皓是不是漫畫看太多跟現實生活搞混了？

「我記得你之前說你的個人成績大輸……不是，跟嚴正宇比起來有點落差？」時熚想著俞皓媽媽的育兒指南，艱辛地再次吞嚥滾到喉邊的吐槽，冷靜地揀選詞彙溫聲提醒俞皓。

俞皓的豪情瞬間被事實擊倒了，他沮喪地垂下頭，「對啊，單挑的話我一定不會贏的，這樣我的『用拳頭交流』計畫就無法實行啦……」

俞皓歪著頭苦惱，生性樂觀的他瞬間又想到變通法，開朗地說，「可是就算我輸了也沒關係啊！只要問題能解決，我當他的小弟也可以。」

「……不行。」時熚本來還在心中哼笑俞皓的蠢計畫，但一聽到自己看中的小弟可能會落入他人虎口，連忙出聲否決，「你已經是我的——」

小弟兩個字還沒說出口，時燁趕緊改口，「你當他小弟的話，他哪會聽你的。」在成功收編前可不能露餡自己的野心。

「說得也是……那怎麼辦啊！」俞皓精心的計畫一秒就被否決，苦惱地朝空中大喊，「時燁，你幫我想想辦法嘛——」

依照時燁本來的個性，生性薄情的他一定會撒手不管，嚴正宇跟籃球隊都關他屁事啊。但現在時燁正在收編俞皓心甘情願成為他的小弟，想著俞皓媽媽的育兒技巧『完成孩子的願望才能控制走向』，只好耐著性子替俞皓想辦法。

收個小弟，怎麼這麼麻煩？

「單挑不行，就圍毆吧？」時燁心中暗自抱怨，表面上依然一臉認真地陪俞皓煩惱，其實只是隨口應付。

「對耶！我本來就是要告訴他團隊精神有多重要，團體戰確實是好主意，我也比較有把握。」俞皓認真地聽著，思考了幾秒點頭。「剛好學校要舉行班際籃球盃……他們班應該可以拿下一年級冠軍，但我們班拿得到二年級冠軍嗎？」

時燁掃食便當中的食物，看著俞皓喃喃自語地擬定計畫。

雖然俞皓頭腦簡單，但行動力驚人。只要決定了一件事情，就會不顧一切地去執行，這點讓時燁很佩服。

「班上有興趣的人不多，去年只打到年級準決賽就輸了。」

聽到俞皓的自言自語，吃得差不多的時燁擦擦嘴幫忙出主意：「上次參加比賽的那些同學呢？」

俞皓扳著手指數著班上能打球的同學狀況，「寶哥體格高壯打中鋒、江書恆跟張子幕速度很快打前鋒、我跟紀安辛打後衛，算是滿完整的陣容。不過只是玩玩還可以，打不贏有現役籃球隊員的班級，要拿到冠軍很難。我們班沒有擅長得分的人是主要問題，之前是我兼任得分後衛，讓紀安辛打控球後衛，但我不能上場……還有誰能上啊……重點是能上也不見得能贏啊。」

「我啊。」時燁點點頭，自信地說。

俞皓張大眼睛，嫌棄地看著時燁，「你會打球嗎？你都不上體育課的耶。」

「我不上體育課是怕體能超出標準，引來不必要的關注，還有我太興奮的時候可能會不自主變身。」

俞皓上下打量時燁，用宛如品評媳婦的惡婆婆般苛薄的口吻質疑，「你看起來只是個子大了點，籃球雖然是人人都能打的運動，但要打得好可不是長得高就可以的。」

時燁忍住一走了之的衝動，努力推薦自己：「下課到球場去，讓你知道我的實力。」

俞皓看時燁有點委屈的模樣，感覺自己占了上風，得意地點頭，「好吧。我現在的確亟需人手，退讓一百步讓你加入板凳球員考試。」

再忍下去就不是時燁了，他扯住俞皓兩頰用力拉，「我是好心幫你忙，你這什麼高傲的態度。」

「疼、疼疼疼！開玩笑的啦！」俞皓連忙賠罪道歉，任時燁左右揉捏自己的臉頰好一陣子。

俞皓決定好計畫，心中的大石總算放下，終於有心想要填飽肚子了，可是當他一低頭就發現——

「哇靠！時燁你是豬嗎？全部都吃完了？」

時大爺翹著二郎腿，身體大半倚在樓梯上，屁股下坐著紅白格紋的墊子，看起來竟然還是滿身貴氣。他悠閒地舔著自己手指，「我以為你吃飽了，只好勉強自己不要浪費食物。」

「你、你哪裡勉強了！」俞皓憤怒地指著他，「我才吃了三塊三明治而已！你連甜點、濃湯都吃光了!?」

時熚看著氣急敗壞的俞皓，覺得心情真好。

第六章　我才不是高冷男神收割機。

放學後，俞皓拉著時燁換上輕便的衣服，到球場上考試。

「我幫你從各個距離餵球，你直接從那個位置投藍，我要判斷你適合哪個打位置。」俞皓轉了轉手腕腳踝，簡單熱身。

時燁點點頭，悠悠哉哉地跟著俞皓移動，那副沒幹勁的樣子讓俞皓更懷疑這傢伙在吹牛。

哼，仗著自己身體素質好，就覺得打球很簡單嗎？

俞皓看著時燁修長的四肢，隨著熱身動作靈活地伸展，雖然腦中沒有這傢伙的數值紀錄可以參考，無奈班上沒有人能替補上場了，身體素質好至少可以湊合使用。

時燁在籃框下接過俞皓的傳球，輕鬆地跳起讓球擦過籃板進籃後，對著俞皓方向輕鬆笑說：「怎樣，就說我可以吧？」

俞皓看他的動作流暢，心中暗自鬆了口氣，至少不是個需要從頭教起的小白，「籃下進球很基本的，你退到罰球線試試看。」

時燁退到罰球線的位置，運了幾下球轉換距離感，接著縱身跳起，手腕輕輕施力，讓球順著漂亮穩定的弧線空心落入球網中。

「漂亮！」意外的表現讓俞皓開心地比出大拇指，時燁一臉得意地向他擠眉弄眼了一番，接著退到三分線位置。

「欸，三分球不是這麼容易可以——」俞皓話還沒說完，時燁已經跳起投籃，看著球完美入網，俞皓欲出口的吐槽只能乾咽回去。

「還行吧？」時燁看俞皓一臉複雜，心中得意，嘴巴上謙虛地詢問俞皓意見，就是要逼著剛剛還對他沒信心的俞皓親口承認自己的實力。

「少得意，搞不好只是湊巧！」俞皓撿起滾落的球，用力地丟擲給時燁，「現在我說你站哪個位置，你就快速移動到哪個位置投籃試試看。」

時燁點頭，看俞皓啞巴吃黃蓮的苦澀表情，心裡一陣愉悅，也不計較俞皓指使他的口吻了。

接著就是一連串不定點循環跑位，時燁雖然無法百發百中，但總歸維持著不錯的進球率，最重要的是速度與耐力，都比俞皓想像中的更好，時燁的自信不是沒來由的囂張，是真的有實力。

兩人的籃球練習，引來了許多好奇的同學圍觀，尤其是從來沒看過時燁運動的女生們，看到平常高冷的資優男神竟然還是運動高手，不曾曝光過的筆直長腿和跳動時展現的精瘦腰身，尖叫聲此起彼落，還不忘抓著手機側錄。

世界是不公平的！俞皓見狀在心中暗自生氣，他可從來沒有引起這麼大的關注過，偏偏連俞皓都得承認，什麼都會的時燁實在太迷人了。

但這麼一承認就顯得自己遜色許多，俞皓皺著鼻子隱藏自己的小失落，故作平靜地揮手呼喚時燁：「差不多啦，我知道你的情況了。」

時燁抱著球跑到俞皓身邊，感覺到他情緒突然低落，關心地問：「怎麼了？我表現得不好嗎？」

俞皓搖頭，跟時燁吵架的事情才沒過多久呢，這次不能再失控了。他打起精神刻意擺出嫌棄的表情說：「四周太多看熱鬧的人了，太吵不能專心練習。」

時燁看著四周不知道什麼時候聚集的人潮，心情高昂的他，手癢地從原地隨意扔出一球，幸運地擦框入網。超過三分球許多的距離依然進籃，讓四周的女同學失聲尖叫不斷。

「你很無聊欸——」

「籃球，不是用來吸引女生的表演。」

俞皓的吐槽還沒說完就被人打斷，嚴正宇撿了落下的球朝兩人走來。

看見嚴正宇突然現身，俞皓腦袋一片空白。雖然記得許多練習過的煽情台詞和熱血挑戰，但好像沒有一句合適用來回答對方。

「我是表演給俞皓看的。」時燁泰然地回覆對方。

「學長，你淪落到教人籃球表演嗎？」嚴正宇沒有理會時燁，反而轉頭看著俞皓。

「比找藉口逃避的喪家之犬來得好。」時燁冷哼一聲回擊，把之前跟俞皓吵架的帳算在嚴正宇頭上。

知道對方在諷刺自己，但確實戳中了痛腳，嚴正宇抿著嘴一語不發地看著俞皓。

時燁看嚴正宇逃避的樣子冷笑，轉頭說道：「俞皓，你不是有話跟他說嗎？」

該死的時燁，現在全場都在注視他們三個人，頂著這麼大的壓力，他能說什麼？

不管是時燁還是嚴正宇都是學校的風雲人物，一個是榜上有名的資優生一個是全能運動健將，高挑的身形與俊俏的外表，一個出現已經足以聚集視線，何況這次是兩個人，還有那一觸即發的壓抑氣氛，讓圍觀看熱鬧的同學聚集了起來。

身高超過一百八的兩人注視著俞皓，讓俞皓一六〇體格更顯嬌小，他看著時燁和嚴正宇不發一言但劍拔弩張的氣氛，張大了嘴支吾半天說不出話。

「學長，你想跟我說什麼？」嚴正宇不理會時燁，只是盯著俞皓。

注視著嚴正宇漆黑的眼珠，乍看嚴肅不好親近，但之中卻閃爍著些許渴求，俞皓想著嚴正宇的處境覺得心軟。

「你的傷好一點了嗎？」俞皓溫聲關心。

「……差不多了。」嚴正宇雖然不擅長與人相處，但也不會冷屁股回應人家熱臉，更何況對象又是他一直在意著的人。

「那你打算什麼時候回球隊？」俞皓發現嚴正宇隨著關鍵字而冷下表情，在心中嘆氣。

「學長覺得還會有這一天嗎？」嚴正宇自嘲。

「當然！只要好好的道歉的話，教練跟隊員們都能理解的。」俞皓覺得外表冷硬的嚴正宇像極了高傲的貓咪，尖銳的爪子都是為了武裝自己以免受傷。

腦補了許多嚴正宇私下落淚的可憐畫面，俞皓踮起腳尖拍了拍嚴正宇的頭說：「有困難的話，我會幫你的。」

「我……」心中確實有許多不安，但嚴正宇的好強讓他無法低頭，俞皓的溫柔觸及了他心中脆弱的一塊，張口正想傾訴——

「這麼大的人，做錯事道歉還要人陪嗎？」感覺到兩人之間流轉的溫馨，時燁不滿自己被排除在外，壞心眼地故意吐槽。

「我……沒有做錯，為什麼要道歉。」果然嚴正宇瞬間又扳起臉硬聲回覆：「既然球隊不需要我，我也不強求。」

「不是這樣的——」俞皓看嚴正宇好不容易稍微鬆懈的心又再次緊閉，給了時燁一個白眼叫他閉嘴，結巴著向嚴正宇解釋，「球隊怎麼會不需要你，只是誤會，解開了就好。」

「我看不出球隊需要我，這幾週球隊也沒有人來跟我聯絡……包括學長你。」嚴正宇低下眼，一下一下地運著球。

「不是這樣的，是我跟教練說先給你一點時間冷靜，我也是一直在想著你的事情啊。」俞皓讀出了他受傷的情緒，急忙地安慰。

聽到俞皓的回答，時燁在一旁挑眉。

這傢伙當自己在演什麼俗爛偶像劇嗎？之前練習的台詞應該是勸世風格，不是言情風格吧？

但顯然言情風格奏效了，嚴正宇沒有抬頭，依然低頭玩著籃球。但說話的語氣軟化許多，「學長想說什麼？如果是要我道歉的話，我是不會聽的。」

「欸……道歉不是因為你錯了，而是為了隊伍，總要有人先低頭啊。先低頭的人比較偉大你不覺得嗎？」

嚴正宇沒有回答，表示這個答案不盡滿意，繼續問俞皓：「如果是學長，會願意為了自己沒有做錯的事情道歉嗎？」

「我會。」俞皓點頭，篤定地說：「為了珍惜的人，我願意。」

嚴正宇的防衛似乎有些鬆動的跡象，有一眼沒一眼地窺視俞皓，似乎在暗示俞皓多說一點，讓他能夠順著臺階走下。

俞皓感覺計畫奏效，湊近向前想看清楚對方的表情，好猜測對方想要的答案。被勒令閉嘴的時燁看不過去兩人黏黏膩膩的氣氛，一手抓住俞皓的後衣領將他拉回自己身邊，接著一個抄球將嚴正宇手上的球搶過，甚至示威性地在自己手指上轉動著。

「你是寶寶嗎？那需不需要手把手幫你換尿布？」成功把嚴正宇的視線領向自己，時燁挑釁地看向對方，「是男人，就單挑吧。」

時燁不是老天爺給俞皓人生開的窗，而是送來給他的教訓！屢次給他找麻煩，不像是養了寵物，更像是養了個只會扯後腿的小孩啊！

俞皓在心中痛毆時燁一萬遍，無奈地看著嚴正宇的眼神又恢復凌厲。

「來。」放下心中的糾結，嚴正宇冷酷地回敬與時燁不相上下的桀驁眼神。

球場上圍觀的同學越來越多，看熱鬧的氣氛在學校兩大風雲人物準備對決時更加沸騰，爭相走告的同學們加速聚集在球場邊各自聲援，恰巧兩人分屬不同年級，單純的籃球對決成了年級之爭。

到底是為什麼演變成這樣呢？

俞皓無奈地看著兩人對峙的情況，以及四周叫囂的觀眾，此刻他只想龜縮在人群之後，不料時燁將手上的球丟給他。

「你當評審，不准偏心。」時燁看俞皓一臉僵硬，隨口說了句話逗他。

「嗯，不用偏心。」嚴正宇聞言笑了一下，惹得時燁怒目，也惹得旁邊圍觀同學尖叫連連。畢竟嚴正宇可是出名的不苟言笑硬派男，俞皓這傢伙不是跟他不合嗎？沒想到不是這麼一回事，連號稱自帶隔絕力場的時燁也跟俞皓勾肩搭背，十足換帖兄弟般的親近，俞皓是有什麼三頭六臂？專門收服高冷男神？

俞皓頂著眾人的八卦目光，吹響了手中的哨子，將球傳給猜拳勝利先攻的時燁。

時燁拿到球之後直接往籃下切入，閃過了嚴正宇的防守快速上籃，從持球到得分不到幾分鐘距離，帥氣的快攻讓同學們圍觀叫好。時燁表情不張揚，卻朝俞皓方向抬起下巴，炫耀意味濃厚。

嚴正宇在時燁第一時間快攻的時候快速跟上，並未出手阻擾時燁射籃，只是默默地看著時燁的動作，持球的時候以同樣的速度躲過時燁的防守，跳投得分。

起初兩人一來一往看起來平分秋色，過了十分鐘後，一直觀察場上變化的俞皓知道嚴正宇蒐集完資料要發動攻勢了。

嚴正宇摸清了時燁的進攻速度以及習慣，拉近防守的距離密度，每每在時燁要運球切入時，快狠準的攔下他的進攻，接著持球切入或是直接射籃，瞬間碾壓時燁。

剛才的勢均力敵像是假象般，嚴正宇的打球風格是銳利的刀尖，快速狠戾地割向對手的致命處，連絲毫喘息時間都不給。步步逼近時燁，在他尚未反應過來回防之時，快速出手得分。

時燁很不甘心，一改方才的愜意，他強迫自己跑得更快，但速度已經不是重點，而是他的進攻模式被嚴正宇完全預測，即使抄到球也會在進攻的時候被反抄。相對的，他完全摸不清嚴正宇的進攻策略，假動作、背後運球、籃下拉竿等技巧華麗的讓旁人興奮尖叫，時燁在不知覺間只能跟上對方動作，卻無法阻止對方得分，像是陪跑員一般在旁陪襯。

時燁許久沒有流過這麼多汗了，平時人形的他很少進行激烈運動，變身成動物的時候也小心不超過極限。現在他的心臟瘋狂跳動到呼吸困難，時燁只好停下動作彎下身休息。

「沒事吧？」俞皓擔心地喊了暫停跑了過來，用自己的身體支撐著對方逐漸傾斜的身體，看著狀況不妙的時燁擔心地問。

時燁痛苦地閉起眼睛，感覺到俞皓靠近後，將自己的重量倚靠給對方。

時燁靠著俞皓專心地調整呼吸，他感覺到自己體內有一股力量正不受控地亢奮，他可以因此跑得更快跳得更高，但也可能在下一秒非自願變身動物。

他必須冷靜下來，不然會變成大事件的。

「怎麼？要認輸了嗎？」嚴正宇看著時燁閉著眼睛掛在俞皓身上，挑釁問道。

「我認輸。」時燁雖然不甘心，但他也知道兩人實力懸殊，何況現下狀況不容許自己勉強，只能點頭認輸。

「我們沒有輸。」俞皓用力撐著時燁，向嚴正宇發下戰帖，「學校的班際盃，再比一次吧。」

「學長，不是說不能偏心？」嚴正宇向俞皓抱怨。

俞皓急著想把時燁帶走，對方高熱的體溫讓人擔心，看著擋住動線的嚴正宇焦急地解釋，「比賽還沒結束啊，只是時燁不太舒服，先暫停讓我先帶他去休息。」

「那班際盃比賽，學長要下場我才比。」嚴正宇看著俞皓認真地說。

「好。」俞皓點頭承諾，「我會親自上場。」

嚴正宇得到了肯定的回答才甘心離開。

「你可以上場嗎？腳傷呢？」時燁聽到俞皓的回答，艱辛地張開眼睛，小聲問道。

俞皓停頓了一下，輕輕點點頭：「傷差不多好了，你別管我的事情，先搞定你的。」

俞皓拒絕其他人的幫忙，緩步把時燁扶到校園角落，讓他靠著牆壁坐著休息。

「你剛剛怎麼了？嚇死我了，現在好一點了嗎？」

時燁幾個深呼吸之後，一臉疲倦地看著俞皓回答：「剛剛情緒太激動，克制不住變身的欲望。」

「現在呢？」俞皓伸手碰碰他的額頭，測試體溫。

「嗯，稍微好一點了。」時燁懨懨地靠著牆壁，努力壓下身體裡的欲望。

看著時燁唇色蒼白臉頰卻泛紅的模樣，俞皓出著主意，「是不是釋放出來就好了？趁現在沒人，我幫你把風，你變身吧。」

「不要。」時燁撇過臉，一口拒絕。

「為什麼？變身才能釋放能量吧？你會舒服一點。」

時燁看著牆邊的雜草沉默著不回答，偏偏俞皓是不擅長閱讀氣氛的人，以為對方沒聽到提了兩三次。

「這邊有監視器。」時燁隨便給了個答案。

「……」俞皓看著除了雜草以外再無一物的空地，還有毫無障礙物的高聳的紅磚牆，實在不知道監視器能裝在哪裡。

「我休息一下就好了，只是你真的要上場？」看俞皓沒有被唬住，時燁只好轉移話題。

俞皓也不勉強他，點點頭回答：「嚴正宇一直都想跟我分個高下，我不上場的話無法讓他認輸。」

「你確定？」

俞皓不明白他為何再次詢問，依然堅定地點頭：「對啊，男子漢就是要迎面奮戰！就算輸了也甘心。」

「我剛剛輸了，一點也不甘心。」時燁聽了不太爽。

「沒辦法，我就跟你說過連我單挑都不能贏他，何況是你？」俞皓發現時燁的小情緒，連忙蹲下到他身邊安慰。

「你這樣算安慰嗎？」時燁聽了更加不悅，抬眼瞪他。

「應該說，你打得不錯了。可是畢竟是玩票性質，跟我們有正式比賽經驗的累積不一樣啊。」俞皓連忙補救。

身體不舒服的時燁難得地失去了自信，撇撇嘴問道：「那這樣，我們怎麼跟嚴正宇打？直接投降嗎？」

俞皓倒是不擔心，信心滿滿地回應：「籃球，打的是團體戰，我們五個打一個一定能贏的。」

時燁看俞皓這麼樂觀就不潑冷水，只是想著剛剛那場比賽，心中滿是懊惱。

看著時燁難得脆弱的樣子，俞皓蹲在旁邊欣賞，一邊托著下巴幫他煽風。

「說實話，發現你有做不到的事情，我覺得有點開心。」

時燁轉頭看向他，「怎樣，幸災樂禍嗎你？」手順便地捏上俞皓的臉頰出氣。

「不是啊，是你太優秀了。身高高、長得帥、功課好，這麼多優點，會讓我有點……」俞皓搔搔頭，不好意思地把頭埋到膝蓋裡遮住自己的表情，「所以知道你不完美，也有做不到的事情，讓我有點開心。很小心眼吧，你不要生氣。」

俞皓小小聲地努力傳達自己的想法，「之前就想跟你道歉，但一直不知道怎麼說，只好用開玩笑的方式傳達，還有很努力的準備便當菜色。」

「我沒有覺得自己多棒，反而覺得你才厲害。」時燁看著俞皓，溫柔地回應，「擅長運動、擅長烹飪、擅長家務，這些都是我不會的東西。我也會羨慕你啊——像是很擅長與人交際。」

「好、好了，我們還是不要說這個話題吧，總之，之前的事情很抱歉。」俞皓聽著時燁暴風式的稱讚，羞恥到全身都要燒起來，揮揮手叫時燁停止這個話題。

時燁看著俞皓唯一露出的脖頸和耳朵，因為羞愧變得通紅，覺得心中受的委屈舒服了許多，心中也起了惡作劇的餘裕。

「我還可以說很多，你不想聽嗎？」

「夠了啦，你還要說什麼啊！」雖然不好意思，但聽到別人讚美總是開心的。

俞皓惱羞地假裝不想聽，卻微微將耳朵露出更多部分想聽得清楚點。

「在我心中，你有一件事情是冠軍——」時燁故意將聲音拉得長長的。

「冠軍就是第一名吧？我有什麼事情能拿到第一名啊？」

俞皓害羞又好奇地抬頭，將欣喜不已咧開的嘴隱藏在手臂底下假裝鎮定。

時燁一臉認真嚴肅地看著俞皓幾秒才說：「最適合娶回家的對象。」

俞皓被沒想到的答案給矇住了，嘴巴張得開開的，一臉呆蠢的樣子成功惹笑了時燁。看著對方捧腹大笑甚至倒地的誇張模樣，俞皓憤怒地跳起掐著時燁的脖子搖晃。

因為時燁難得虛弱，俞皓撲過去的瞬間竟然輕鬆地將他壓倒在地，難得可以居高臨下地俯視時燁，俞皓一陣滿足，也就不改變這個姿勢，反而揚起下巴得意地說：「怎麼樣，我還是比你強壯吧。你這麼高還有肌肉卻重看不重用呢～」

時燁還在無力狀態，看著跨坐在自己身上笑得得意的俞皓也沒轍，只能伸手捏捏他的臉頰，意思意思反抗兩下。

俞皓滿足地將時燁從地上拉起，兩人渾身狼狽都是塵土，看著彼此落魄的樣子，一邊互相取笑一邊幫彼此拍落。

時燁單手捏住俞皓鼻子上的灰塵，似是隨意地說道：「我們認真練習的話，一定可以好好教訓嚴正宇吧？」

俞皓交往過很多朋友，有球隊那些革命情感的隊友、班上一起打鬧的同學、年紀相仿的鄰居，還有許多偶然認識的人們，成為朋友是很簡單而且自然的事情，但對於俞皓來說，時燁不太一樣。他可以把自己私密的事情告訴他，並且相信對方能夠保守祕密。

「我會好好鍛鍊你的。」俞皓看著時燁咧開嘴開心點頭，做出得意洋洋的笑臉掩飾自己的不好意思。

「你有拍到嗎？」

兩人沒發現遠遠的地方，匍匐著兩名拿著單眼相機的少女。

「當然有，今天真的是閃光大放送。」少女摸著自己的相機機身，不知道想到什麼，痴痴低笑著。

身為學校的風雲人物，在時燁不知道的地方有著一群仰慕者，擅自組成了後援會，還取了個組織名稱叫『食燁性也』。雖然因為男神太高冷不敢靠近，只默默地遠觀他、在群組交換偷拍的照片，討論男神的日常，隱藏在檯面下的組織。

在俞皓出現在他身邊之前，男神的照片都是一零一號表情，只差在角度跟背景不同，後援會員笑稱只要P掉背景就可以量產出男神一百張照片了。後來時燁跟俞皓混在一起，後援會的少女們才知道男神是會笑的。微笑、露齒笑，甚至是不屑地笑，每天都像是發現新大陸一般持續刷新時燁的人設資料。

少女們的後援會組織活絡了起來，暗地私下偷拍兩人的互動，不過也因為俞皓的出現，讓本來平靜的後援會分裂了。

堅稱只是好朋友以及堅稱是好基友的少女們，各自擁護自己的派別，開了各種規模的群組。而之中最活躍的就是『食魚』小組，人數多，能人也多，時燁和俞皓隨便一張照片就能寫出一千字以上的故事，曖昧的就像是有這麼一回事。也因此吸收了更多少女們加入，甚至擴及了外校，兩人相處的照片如果有點曖昧的話，就能夠引爆更大量的討論，因此各種遠處偷拍行為在時燁和俞皓沒注意的情況下進行著。

「我們家皓皓今天男子漢了一把呢。」趴在地上不顧自己裙子走光的少女，雙手托腮看著遠處的兩人微笑順便把風。

「對啊，群組都炸了呢！今天又刷新了時燁大大的人設了！」另外一名少女小心地調整長鏡頭焦距拍攝高清照，小聲地回應。

「第一次看到時燁大大運動，穿運動服帥死了！還看到裸露的手臂跟他的膝蓋！群組照片爆炸讓我手機容量都不夠用了，一次存了好幾百張呢！」

「還有因為嚴正宇出現，時燁大大看著皓皓吃醋的表情！太酥了！」攝影少女一邊說一邊嘆氣。

「說到嚴正宇，就覺得心裡不舒服欸！他的『鹽值正義』後援會也超討厭的！竟然想拆我們家CP！還創了『蒸魚』CP！根本抄襲我們。」把風少女一臉憤怒朝空中揮揮拳。

「對，『蒸魚』還說他們存在的比我們久！那種不是官方認證的CP根本沒有效力可言，居然有臉說他們才是始祖。」攝影少女哼了一聲。

「可是……今天皓皓跟嚴正宇說了很多悄悄話欸，那個關心的表情不像假的。」

想到剛才球場上所見，把風少女的興奮迅速消失，淚汪汪地說：「時燁大大在旁邊全程看著，好可憐、好虐心喔，嗚嗚嗚……」

既然都能夠將少年們的感情無止盡腦補了，自然也能夠無止盡腦補各種非現實橋段。

「『蒸魚』只是想像，『食魚』才是官配。」攝影少女安慰隊友，「你忘了後來時燁大大不舒服，皓皓馬上就衝上前關心。」

「對對對！所以『蒸魚』只能走學弟X學長相愛相殺的敵手設定，內容都是腦補的。」把風少女得到支持，立刻沾沾自喜補充，「『食魚』多甜啊，我們走的是雙向暗戀甜寵路線。」

「沒錯沒錯。」兩名少女今天收到官方發糖，非常滿足地補充了大批能量，看著相機上的照片發出銀鈴般的笑聲，聽起來天真無邪。

「咿——！快看快看！有拍到吧!?」把風少女看著俞皓推倒時燁的瞬間差點尖叫出聲。

「當然有！那可是——」攝影少女也不敢置信地揉揉眼睛，看著自己的小夥伴。

「「騎乘式啊！」」兩人互看了彼此一眼，異口同聲說道。

「我以為我們家皓皓是弱受，我道歉。」攝影少女激動地連續按著快門。

「原來是積極女王受啊？」把風少女看著俞皓的動作張大了嘴附和。

在俞皓以為他跟時燁發展出革命般友情的進展之日，他的形象同時迎來了革命性的進展。

第七章　我的戰術就是沒有戰術，誠意可以感動老天。不能的話就靠時燁吧。

和嚴正宇發下戰帖後，俞皓拉著時燁跟班上要參加比賽的同學碰面。

「大家同班其實都認識，只是之後就是隊友了，再彼此熟悉一下。這個壯壯的是李寶貴，我們都叫他寶哥。空手道社，打中鋒。」俞皓拍拍長相凶悍、不說話的時候氣勢逼人的男同學，寶哥對時燁豎起大拇指，展現其豪爽的性格。

「張子幕，阿幕。是網球社的，前鋒跟後衛都可以打。」俞皓指了指寶哥旁邊充滿書卷氣的男生，對方落落大方地打了個招呼。

「江書恆跟紀安辛是田徑社，跑很快唷！一個人負責前鋒一個人是後衛。」俞皓接著介紹兩個站在一起的男生。個子較矮的是紀安辛，身高跟俞皓差不多，微捲的頭髮和可愛的小動物長相很受女生歡迎，和俞皓也比較熟的樣子，攬著肩膀搖晃著彼此笑鬧著。而他身邊較高的削瘦男生就是江書恆，在班上擔任副班長，處事成熟懂事值得信賴。

「時燁會接替我的位置，打後衛。」俞皓開朗地拍拍時燁的胸膛，時燁沒展現什麼熱情，點點頭打個招呼了事。

雖然是同班同學，但大夥跟時燁都不熟。而時燁除了和俞皓在一起有興致多聊，其他同學在場的時候都不太說話，讓現場氣氛有些尷尬。

「哇，我們竟然要跟男神一起打球嗎？太神氣了。」這時，個性活潑的紀安辛主動開口打破沉默。

俞皓發現時燁不快地挑了眉，連忙開口圓場：「時燁才不是什麼男神，那都是不認識他的人過度美化啦。他只是比較不擅長社交而已，他其實很幼稚又愛吃。」

「幼稚又愛吃？你說時燁嗎？」張子幕有些意外，看著時燁淡漠的表情實在很難連在一起。

時燁知道俞皓刻意揶揄他是為了拉近大家的距離，只好委屈地點頭承認自己『幼稚又愛吃』。

「真的假的？」寶哥聽了覺得親切，用力拍了時燁肩膀一下，「我還以為你吸空氣就會飽了。原來男神也跟我們差不多，只是長得比較帥而已。」

「對啊，時燁上次還貪吃太多拉肚子。」俞皓看時燁『乖巧』地配合，更加誇張地摧毀時燁的形象。

「沒關係啦，每個人都有不為人知的真面目啊。男神什麼的只是女生叫爽的，你也覺得很煩吧？像是女生們都叫我情場小王子，也讓我很困擾。」自誇的紀安辛浮誇地撩撩瀏海，還眨眨上挑的桃花眼擺出一臉牛郎臉。

「沒有人這樣叫過你吧。」對別人都相當溫柔的江書恆唯獨對自己的竹馬之交紀安辛毒舌。

「你是不是朋友啊。有這樣拆台的嗎？」紀安辛假裝生氣地踹了江書恆幾腳。

時燁發現俞皓和紀安辛互相眨了眼，看來是早就安排好的，雖然他不會刻意地討好同學，但閉嘴配合俞皓還是可以的。

在眾人玩笑戲鬧中，氣氛變得和緩許多，大家也沒有這麼尷尬了，開始認真討論比賽的練習與戰略，基本上都是俞皓在為大家分析、指導，而其他人也認真地回應，時燁有些訝異。

在時燁的想像中，這種班際比賽能敷衍則敷衍，隨便選幾個擅長運動的同學，臨陣磨槍上場玩玩而已，沒想到他們這麼認真，甚至騰出了社團練習結束後的時間實戰練習。聽著聽著時燁也端正起態度，認真地聽俞皓給自己分配位置、配合練習。

「皓皓啊，你跟嚴正宇打了什麼賭？」討論到了一個段落，紀安辛一邊吐著口香糖泡泡一邊問，人懶懶地靠在江書恆的身上。

俞皓正在專心用醜醜的字寫著給每個人的提醒事項和訓練菜單，隨口回答紀安辛：「如果我贏了，嚴正宇就要回社團跟學長道歉，然後好好練球配合團隊。」

「嚴正宇願意？」張子幕有些訝異地問，畢竟嚴正宇的名氣和硬脾氣是運動社團的熱門八卦。

「是沒有正式說賭什麼啦。我覺得只要跟他比一場，靠著團隊合作贏他，他就會知道自己錯在哪，能回去社團好好打球。」

「怎麼可能啊，皓皓你是傻子嗎？」紀安辛驚訝地坐直身體。

時燁聽到這陣質問感覺熟悉，不過他還記得自己正在執行收服俞皓的計畫，暫且忍耐著不幫腔吐槽俞皓。

「可是我看電視都是這樣演的啊？」被吐槽的俞皓看眾人一臉鄙視，疑惑地開口。

俞皓的天真讓寶哥跟張子幕都驚嘆，兩人也跟著取笑俞皓，「電視演得怎麼能當真啊。再說我們少了你，要贏得年級冠軍都很困難了，中途就被淘汰怎麼辦？根本還沒跟嚴正宇打就結束了。」

紀安辛吐出口香糖泡泡用力吹氣讓它爆炸，發出響亮的聲音，壞笑著說：「The End.」

俞皓被眾人連珠砲的質疑搞得失去信心，開始想像中途就被淘汰的可能，越想越不妙，忍不住看向時燁尋求幫助。

「我覺得我們可以贏。」本來看熱鬧的時燁被俞皓求救的目光召喚，只好附和俞皓。

「呃，可是你昨天輸給了嚴正宇。」紀安辛『好心』提醒他。

「……那是因為時燁身體不舒服！」雖然俞皓自己之前才同樣質疑過時燁，但時燁都這麼挺他了，哪有不幫腔的道理。

「我個人是贏不了他，但我們是五個人。」時燁原封不動地把俞皓說的話搬出來，同樣的話俞皓說出來感覺嬉笑成分大了點，但時燁面色嚴肅地盯著大家說出一樣的話，就莫名地有著說服力。

「嚴正宇跟球隊的問題，你們都知道吧？」時燁認真地將俞皓的胡說八道補充的更加完整，「他無法跟籃球社的隊友配合，那他跟班上隊友也一定會有問題，我們一定可以找到縫隙擊垮他們。」

長相可愛但個性古靈精怪的紀安辛可沒有被唬弄，壞心眼地又問：「我們要拿到二年級冠軍才能對上嚴正宇他們班吧？你有信心可以打贏現役有籃球社成員在的班級嗎？」

俞皓看紀安辛問這種問題，根本是在刻意捉弄時燁，連忙跳來助陣：「我、我也會上場啦，這樣的話我們調度上會比較有餘裕，可以搭配的戰術會更多。」

「你的腳傷好了嗎？不是因此退社了？」寶哥想到俞皓退社的原因，關心問道。

「好得差不多了啦。只是我媽希望我專心考大學才提前退出球隊的。」俞皓結結巴巴地回答，不篤定的口氣聽了就讓人起疑。

「好吧，如果皓皓會上場，贏面應該大增吧。」紀安辛也不是故意找麻煩，只是嘴壞喜歡揶揄別人，看俞皓急了就收手不再鬧。

時燁看著俞皓紅紅的耳朵，幾番想要開口，還是吞了回去，安靜地看著俞皓將他自己排入練習的陣容。

眾人約好排練的時間後就解散回家了。時燁趁著單獨相處的時間，不經意的問了俞皓，「你真的要上場？『完全』康復了嗎？」

「醫生說不要太激烈就沒問題。」

「嗯。」時燁點頭，「你ＯＫ就好。」

俞皓轉過身看著時燁，張口想要說什麼，最終還是沒有說出口。他朝時燁伸出了手豎出大拇指，開朗地笑道：「沒問題的。」

時燁沒質疑他明顯的不自然，點點頭換了話題，「那我們回家吧，我餓了。」

之前冷戰了一陣子，時燁覺得自己吃太多虧，少吃了幾頓不說，還被俞皓欺負了一把，接下來還得為這傢伙參加班際盃，跟不熟的人打交道，他可沒有為誰這麼努力過。

「好，你今天要來我家嗎？吃完飯來練球吧。」俞皓爽快地答應。

「你來我家吧。」時燁腦中蹦出了這個主意，該怎麼盡可能地報復這傢伙，轉虧為盈，「我家社區有夜間球場，我們可以在那邊練球，練完就住我家，隔天再一起去上學。」

「好哇。」俞皓想著在時燁家就可以不用顧慮家人，隨時叫時燁變成各種小動物，欣然同意時燁的提議。

「我是不是上當了？」俞皓穿著圍裙一邊整理著客廳一邊碎念著。

『同居』生活進行了一週，俞皓後知覺地發現了不對勁。

他白天做早餐跟中午便當，晚上做晚餐跟宵夜。一天四頓就算了，反正時燁會付食材錢。可是為何他還在不知覺間承攬了時燁家裡的家務？雖然這也是因為他忍受不了某人的衛生習慣所導致。大家習慣不一樣，看不過去的人只好辛苦一點。

但他最在意的事情是——

這週以來，時燁一次都沒有變成小動物了！

不只沒有變身成有著蓬鬆尾巴的小動物們，連之前會變身來嚇他的蟒蛇、蜥蜴都沒有了。說什麼最近家族出事管得很嚴，只有兩個人在家裡的時候是會被誰看見嗎!?而且時燁還是會趁他白天早起做早餐的時候溜出去釋放能量啊！

這個小心眼的傢伙一定是在報復之前吵架的事情！

把他騙來家裡當女傭，這樣那樣使喚他，最後竟然還不給他福利……

「時燁這個小氣巴拉的豆子心眼男！」心裡腹誹不夠，俞皓罵了出聲。

「你膽子變大了啊！在背後偷偷摸摸地罵我。」剛結束訓練的時燁渾身溼漉漉的都是汗水，沒想到踏進客廳想休息一下就聽到俞皓背地裡偷罵他。

時燁從後方抱住俞皓，渾身汗水沾在俞皓的身上，惹得俞皓高聲哀鳴想要掙脫，但時燁抱得很緊，一手鉗著腰一手掐住俞皓的臉頰拉扯。

「哩還縮！」時燁玩了一會兒才鬆手，俞皓用圍裙擦拭著自己同時大聲抗議，「你根本是騙我來當廉價勞工！幫你洗衣服、做飯、掃地、整理房間，比我在家裡還要累！現在還把臭汗往我身上抹！」

「我哪裡騙你？」時燁才不理睬俞皓的抗議，不顧渾身汗水，坐在俞皓清理好的沙發上，翹著腿一臉貴族跩樣。

俞皓看這傢伙的大爺態度就生氣，走到沙發邊，脫下圍裙往時燁身上一扔，扠著腰對時燁大聲說：「我又沒領你薪水，卻要做這麼多家務，別說廉價了，根本是無價勞工！」

時燁看著俞皓鼓起的臉頰，一派優雅地笑著反問：「是誰說要幫我做飯的？」

「是我，可是我沒說要洗衣掃地啊！」俞皓不甘示弱反駁。

「我叫你做了嗎？我不是跟你說放著，有家政人員固定會來清潔嗎？」

「可是你又說不想要讓陌生人來家裡……」

「我是說我們在家的時候，不要讓人進來清潔。不在家的時候就可以。我以前也是這樣安排的，是你說不要。」

「弄髒了還要等一天或兩天才整理很髒啊。我不是不願意做，只是、只是你應該要給我一點報酬吧，不然我就告你非法僱用童工！」俞皓吞吞吐吐地解釋，兩手還抓著衣角扭著。

時燁看俞皓的小動作忍不住想笑，好奇地問：「請問無價童工，你想要多少報酬，變成合法的有價勞工？」

俞皓聽時燁主動問了，連忙跳上沙發，拉著他的手臂搖晃，也不嫌髒了，露出諂媚的笑容說：「不用錢，但你什麼時候能變成球球？我好久沒有抱抱他了，還有可以再變成大獅子嗎？」

「……不是跟你說最近家族管得比較嚴嗎？」時燁沒想到俞皓的要求是這個，愣了一下。

俞皓聽了千篇一律的回答抱怨道：「在家裡還要顧慮這麼多嗎？你怎麼一次也沒變身了？不是說要釋放能量嗎？」

時燁拿過桌上切好的水果盤，津津有味地吃了起來，四兩撥千斤地打發俞皓，「我每天被你訓練得很累，沒有力氣再變身陪你玩了。」

俞皓被這抱怨成功轉移了注意力。確實，為了讓時燁短期內一躍而成足以影響比賽的祕密武器，俞皓變身成魔鬼教練。訓練菜單量大又嚴苛，但時燁都沒有怨言地照單全收，這些俞皓全看在眼裡，連忙跪坐在他身邊，乖巧地幫他按摩肌肉。

「偶而還是可以休息一下啊，你不是激烈運動後會更想變身嗎？」俞皓依然不放棄地試圖說服時燁，誰叫他已經好久沒看到球球了，好想念球球圓滾滾的身體還有毛茸茸的尾巴啊！

「呼——」回答俞皓的是時燁沉穩的呼吸聲，才一眨眼時間，時燁就陷入昏昏欲睡的狀態，還把身體塞在俞皓肩窩處靠著。

「欸、欸！怎麼這麼快就睡著了？」俞皓輕聲呼喚了幾下都沒得到反應，停下了按摩的手。

「繼續。」沒想到動作才剛停就被時燁發現，閉著眼睛低聲提醒俞皓。

「你根本裝睡吧？」嘀咕歸嘀咕，俞皓還是認份地繼續手上的動作。

他一邊按著時燁緊繃的肌肉，一邊看著時燁高挺的鼻梁和纖長的睫毛，真的是老天給的完美基因啊！俞皓垂涎地想像如果這些是長在自己身上會怎麼樣的時候，時燁突然高分貝地大吼：「俞皓！」

「嗯？」俞皓抬頭看著時燁直起身子對他怒吼，雙手還不停地抹著臉。

「你竟然敢把口水滴在我臉上！」

「喔？」俞皓抹抹自己嘴巴旁邊可疑的沫跡，害羞地笑了下，「抱歉喔。」

「你這個噁心鬼！還有臉笑！」時燁看他一臉傻笑，氣得用力拉扯他的臉頰肉。

「哎唷，擦擦就好啦！你剛剛還不是把汗抹在我身上！」俞皓拿過掉在地上圍裙，隨便地抹在時燁臉上。

「俞——皓！你死定了！」

就在這樣打打鬧鬧的同居日常期間，俞皓的班級過關斬將順利晉級，途中數次遇到了各種難關，在俞皓戰術安排下順利取得了年級冠軍。之中時燁發揮了極大的功效，能攻能防能指揮能助攻，讓俞皓根本不用下場輪替。突然冒出的黑馬讓時燁校園王子的身分又錦上添花，連體育社團的教練都來挖角。

「沒想到我們竟然能拿到年級冠軍……」年級決賽結束之後，寶哥擦著汗感嘆道。

「對啊！都是虧了時燁這匹黑馬。」張子幕看著到手的冠軍獎盃忍不住笑容，欣喜地拍拍時燁的肩膀，這陣子比賽下來，大夥兒也有了團隊感情，對時燁也沒這麼生疏了。

「所以男神果然是男神，什麼都行啊！」對時燁佩服得五體投地，紀安辛在一邊嚷嚷著。

「多虧俞皓的戰術策略，很多奇襲都奏效了，尤其是面對現役籃球社成員，俞皓就是臥底間諜，每個人的弱點跟強項都一清二楚。」江書恆分析著勝利的原因，大力稱讚俞皓，拿到年級盃勝利對未來申請學校有加分，江書恆很滿意。

眾人興奮地七嘴八舌討論著，時燁筋疲力盡地坐在椅子上，頭靠著俞皓的腰部休息著，他正竭力調整著自己體內的變身欲望。為了不讓俞皓上場，時燁必須一場比一場跑得更快跳得更高，才能讓看了他上一場比賽的隊伍措手不及，但這些都必須動用到體內的特殊血緣，過度透支他的自控力。

俞皓雖然也很開心得到了年級冠軍，只是時燁每況愈下的狀態讓他更是擔心，無奈他想上場就會被時燁阻止。

「你還好嗎？」俞皓支撐時燁的身子，給他高熱的身體掛上冰涼的毛巾降溫。

「嗯……我贏了喔。」時燁靠著俞皓，抬起頭邀功。

俞皓看著時燁疲累卻又得意的眼神，明明是人形的模樣，卻像是看到了球球一樣的心情，對他生出了憐愛的情緒。

俞皓輕輕地用毛巾擦拭時燁汗溼的頭髮，低聲地讚美，「你真的很棒。」

「有什麼獎賞嗎？」時燁閉著眼睛享受著對方的服務，同時像個孩子一般要求獎勵。

「嗯……除了做東西給你吃以外，我好像給不了你什麼。」

「那這次，就為了我一個人做吧。」過度的疲勞讓時燁的聲音比平常又低啞了些，低沉到模糊的聲音讓俞皓聽不太清楚，只覺得像是羽毛輕輕掃過，惹得他後頸發麻。

「不要跟別人分享，」時燁沒有得到回答，又重複了一次非要討到承諾，「只做給我一個人。」

俞皓這次聽得清楚，噗哧的笑了出聲，「你真的很小氣耶，還在記恨上次便當的事情啊。這一週以來吃得不夠多嗎？我自己都快膩了。」

時燁閉著眼睛靠著俞皓沒有說話，如果要說菜色，俞皓雖然會下廚，但也就那幾道拿手菜，一天四頓確實吃膩了。時燁自己也說不出來他這麼執著的原因，或許他所貪戀的不是口腹之慾，而是一種歸屬感。

他在俞皓身上感受到的歸屬感。

俞皓沒發現時燁陷入自己的思緒之中，一邊照顧著時燁一邊和隊友們打屁閒聊，這時眾人發現嚴正宇向他們走來。一年級的決賽也結束了，看嚴正宇的模樣應該是拿到了年級冠軍，整個人散發著挑釁的氛圍。

嚴正宇的大動作吸引了眾人目光，甚至有一小批女生拿著相機手機跟著嚴正宇的步伐，偷偷摸摸地在角落鎖定兩人瘋狂拍著照。

「學長。」嚴正宇看到時燁正靠著俞皓，不屑地看了一眼之後便將視線挪移到俞皓身上。

「哈、哈囉。」俞皓緊張地朝他打了個招呼。

對這個學弟，俞皓始終不知道該用什麼態度和他相處。本來以為對方討厭他，似乎又不是這麼一回事？但說對方不討厭他，這種處處針對的態度又讓人摸不著頭緒。俞皓簡單的腦袋想不透嚴正宇的態度，老是覺得尷尬。

「後天就是我們約好的比賽了。」嚴正宇一臉嚴肅，讓俞皓不自覺地立正站好，忘了繼續服務時燁大爺。時燁不滿地張開眼睛，一睜開就對上嚴正宇不以為然的眼神，惹得他不爽。

「我們不會輸的。」俞皓握拳勇，閃亮亮的眼睛直視著嚴正宇，不知為何反而讓對方移開了視線瞄了時燁一眼。

「我知道學長想要下的賭約。」嚴正宇將視線移回俞皓身上，語氣不滿，「如果我輸了，我就跟籃球社的學長道歉，但如果我贏了，學長打算怎麼辦？」

俞皓顯然沒有想過自己會輸的情況，張著嘴不知道該說什麼，在嚴正宇面前他老是氣勢弱了一截，不自主地想對時燁求救。

「學長！」嚴正宇的突然厲聲呼喚，讓俞皓才下移的目光被嚇得立刻回到他身上，「就算我贏了，我也會跟籃球社的學長道歉，但你要答應我一件事情。」

「好哇。」俞皓聽到嚴正宇的回答，像是被天上掉下來的餡餅砸中了一樣開心，不管贏或輸問題都解決了呢！俞皓的目的達成顧著高興根本沒聽嚴正宇的要求是什麼就點頭答應了。

「人家還沒說，你搶著答應什麼。」時燁知道嚴正宇做出這麼大的讓步，肯定有什麼目的，連忙出聲阻止俞皓亂承諾。

「謝謝學長。如果我贏了比賽，請學長回來球隊吧。」嚴正宇馬上抓住俞皓的大意，搶先一步。

「欸？這個不行啦……能不能換別的啊？我實在無法回到球隊了。」俞皓立刻嘗到了隨口承諾的苦果，

聽到俞皓的秒速拒絕，嚴正宇低頭不語，看起來莫名有些可憐。俞皓腦波弱又信口開河亂地發承諾：「除了這個以外都可以！」

時燁聽了忍不住用力捏了俞皓腰側，惹得他淚眼汪汪還不知道時燁哪根神經不對。

「那學長，」嚴正宇看著時燁的小動作，再次出聲拉回俞皓的注意力，「請你成為我的專屬陪訓員吧。」

「咦？」俞皓為這不曾想過的要求給嚇傻了，嘴巴只能發出單音。

「學長這陣子不是為『他』特訓嗎？」嚴正宇連名字也不說，只是抬了下巴指著時燁的方向。

「那只是臨陣磨槍而已……我沒辦法訓練你啦。」俞皓慌亂地揮手想要拒絕。

然而嚴正宇這次強硬地拉過了俞皓的手，打勾勾，「學長，再賴皮這場賭約就失效。」

頂著時燁不滿的眼神，俞皓壓力山大地苦著一張臉被迫約定，「好、好啦，可是我真的教不了你什麼喔。」

「學長，我國中是打得分後衛的位置，你還記得嗎？」

俞皓從來沒聽過這件事情，張著嘴呆滯地搖搖頭。

俞皓雖然知道嚴正宇國中就很有名，但他其實沒怎麼關注細節情報，被嚴正宇受傷的眼神刺得良心不安，連忙補充說：「我也覺得比起控球後衛，你更適合得分後衛喔！」

「學長從來沒有在意過我……當初是學長說我有控球後衛的資質，現在卻忘得一乾二淨。」嚴正宇雖然一臉表情面癱，但這話說起來的聲音充滿委屈。

「是、是我說的嗎……」俞皓直覺否認，但被對方受傷的眼神注視，讓他把反駁吞回肚裡。

時燁冷眼旁觀兩人交鋒，俞皓逐漸處於弱勢，任由嚴正宇控制局面。時燁的表情也越來越臭，旁邊隊友默契地不出聲觀賞這齣大戲，遠處的後援會成員們更是興奮地瘋狂按著快門，腦中已經上演了無數狗血戲碼。

「學長，你要對我負責。」伴隨著眾人的訝異目光，嚴正宇面不改色地說道，「是你說我有控球後衛的資質，卻擅自忘記。我之前沒說出來，但既然你都離開球隊了，我再不向你索討補償就太虧本。」

俞皓從來沒見過嚴正宇這麼多話，而且每一句都讓人不知所措，導致他因為訝異而不自覺張開的嘴越張越大，表情越顯痴傻。

「嘴巴閉上，看起來太蠢了。」時燁臭著的臉也隨著嚴正宇的表情越來越沉，出手捏住俞皓的嘴強制闔上。

「學長，就這麼約好了。不能成為你的隊友的話，就讓你成為我的陪練吧。」嚴正宇面無表情地說完，扔給時燁一個眼神之後爽快地離開。

俞皓不知道事情怎麼會發展成這樣，今天的嚴正宇是不是來自平行時空？

怎麼跟他之前認識的人有這麼大的落差？

那個世界的俞皓啊，你對嚴正宇做了什麼事情啊，為什麼要牽連這個世界的他來負責呢？

「……你這麼簡單就把自己賣了？」

正當俞皓胡思亂想時，時燁頭部靠著俞皓的腰側低聲地說道，平常被女生形容性感如低音貝斯的聲線下降了幾個音頻，聽起來陰森森的。

「呃……因為當下不知道怎麼回答嘛。嚴正宇提這什麼奇怪的要求，是不是想故意整我啊。」俞皓腦中開始出現各種被奴役的想像，越想越覺得擔心，激動地向小夥伴抱怨，「說得好聽是陪訓員，但其實是僕人吧？幫他撿球的球童之類的。不能上場打球的我，只能咬著手帕看著他活躍在球場上，根本是活生生的羞辱啊！」

在一旁的隊友都參與了剛剛的大戲，幸災樂禍地看著俞皓崩潰，這時情報通張子幕想到了什麼，好奇地問：「皓子，你之前說嚴正宇一直把你當敵手，想要跟你搶位置？可是他剛剛不是這樣說的耶。」

俞皓還沉浸在自己的腦補中，一邊過度表現著自己的幻想一邊回答：「我覺得他被魂穿了吧？我完全沒印象他說的事情耶，而且他以前打得分後衛嗎？」

「嚴正宇國中確實是打得分後衛，不是控球後衛的位置。」

「對啊！」紀安辛也知道嚴正宇的事情，附和著，「我想起來了！之前校刊社有在『未來明星』的單元上採訪過他，他說因為一個學長看了他的比賽，邀請他來念這間學校，還說他更適合打控球後衛，他才選擇這間學校的。」

「咦？是嗎？可是當初是他自己說要打控球後衛的位置，而且還指著我說呢！這難道不是對我的挑釁嗎？」俞皓困惑地回憶當初嚴正宇初入社的情形。

「嗯……」江書恆思考了一下推測：「會不會，嚴正宇其實是想要你指導他？不是討厭你而是崇拜你。」

「對對對！我也覺得嚴正宇的表現不像是討厭你，像是嚮往啊。」紀安辛興奮地拍了下自己的手掌。

「嚮、嚮往？不可能吧，他老是面無表情的找我麻煩耶。」這番推翻俞皓一直以來認知的推論讓他不敢置信，絞盡腦汁也無法從過往的回憶中想起哪裡被嚮往了。

「嚴正宇本來就面癱啊。」紀安辛為這個勁爆八卦感到興奮，叨叨絮絮地推敲著，「我覺得是因為你忘了跟他的約定，讓他惱羞成怒，只好靠挑戰你來博取注意。」

「怎、怎麼可能！嚴正宇一定記錯人了啦……」

「你記錯的機率比較高。」深知俞皓個性的眾人一致肯定。

「事實怎樣也沒關係啦。」紀安辛輕浮地擺擺手，一臉無所謂地說：「皓皓本來想靠打贏比賽讓嚴正宇低頭認錯回到球隊不是嗎？現在這個結果皆大歡喜啊。不用背負比賽結果，輸了也沒差，我們輕鬆很多了。」

「這倒是！取得比賽冠軍能幫大學推薦加分呢，皓子謝啦。」同學們絲毫不管俞皓的煩惱，開心地討論著拿到冠軍之後的慶祝方式。

「喂喂，你們太冷漠了吧！幫我想點辦法澄清這個誤會啊。」俞皓連忙打斷眾人，再把焦點拉回自己身上。

「你真的沒說？」時燁調整好了狀態，恢復了點精神盤問俞皓，這傢伙老是亂招惹人，嘖！

俞皓苦惱地拽著自己的頭髮，藉由疼痛來呼喚自己的深層記憶，嘟嘟噥噥地說著：「是有跟教練去看過幾場比賽，但我印象中挖角的對象不是嚴正宇啊！是一個身高跟我差不多的國中生。」

「你有問名字嗎？」江書恆問。

「沒有欸，就只是推薦他來唸我們學校。」俞皓回答。

「你當時說了什麼？」

「看到他個子小但爆發力十足，就搭訕他來當我學弟啊。然後跟他說他如果打控球後衛也能表現得很好，學長會好好教他。不過他不會是嚴正宇啦！身高差很多耶！」

「應該就是他吧！」看過校刊社報導的紀安辛殘酷地告訴俞皓，「他說自己在暑假暴風抽高二十公分喔！」

「不、不會吧！一個暑假長高這麼多不科學吧！我一個暑假只長高零點二公分耶。」

「看來凶手就是你。」

「不負責任玩弄學弟的心。」

「始亂終棄，難怪人家生氣。」

眾人你一言我一語地挖苦俞皓，他苦著臉無法辯解，只好看向時燁，這傢伙應該會站在自己這邊吧？

「到處捻花惹草，活該。」時燁站起身，毫不留情地用身高氣場壓制俞皓。

見這群人沒心沒肺地幸災樂禍，俞皓鼓起臉頰自暴自棄小聲道：「算了算了，輸球也沒什麼，只是換個人折騰我而已。」

時燁聽到了俞皓的自言自語，斜眼看著他。俞皓連忙挺起身板，強壯自己的氣勢回答：「對，就是這樣！你輸了的話，我就得當嚴正宇的陪練，以後就不管你三餐點心了。」

「為什麼！」時燁不滿。

「我哪有這麼多時間給你們兩個人折騰！」俞皓拍打著時燁的胸膛冷笑道：「現在知道你跟我是同一條船上的了吧，少置身事外看我笑話。」

時燁覺得自己被俞皓吃得死死的，心情不好直接釋放出負面氣壓，讓氣氛瞬間凍結，原本嬉笑的眾人渾身一冷收起笑容。

「我們得贏。」時燁用堅定的目光掃視隊友一圈，低聲宣告。

「噢……噢！一定要贏一定要贏啊啊啊啊——」本來漫不經心的隊友被時燁用眼神威脅，連忙點頭附和。

俞皓看大家士氣高昂，滿意地點點頭，得意的模樣讓時燁氣得捏著他臉頰扯了又扯。

「看到了嗎？」

女孩們在遠處低聲地討論著社群上傳來的訊息，有人將方才發生的事情實況給了後援會的女孩們。

「當然！這根本世紀大戲啊。」

一群女孩們窸窸窣窣地小聲附和，聲音透露著興奮。

「太精采了，皓皓活生生把忠犬逼成鬼畜攻。」

聽到『蒸魚』派這麼說，『食魚』派不爽反駁：

「邪魔歪道少來ＹＹ，皓皓是時燁大人的。沒看到兩人氣氛多麼和諧甜蜜？你們主子就是襯托用的男配角。」

『蒸魚』派被今天的發展激得火力全開，沒想到嚴正宇跟俞皓的事情可以追溯到國中時期。

這段過去讓『蒸魚』派信心大增，也跟著大聲地反駁：

「我們『蒸魚』派才是主人公，跟皓皓的淵源可是國中就開始了，你們程咬金只是路過的。」

『食魚』派確實因為俞皓跟嚴正宇國中的淵源倒戈了幾個成員，誰叫養成實在是太戳人心，讓『食魚』眾人氣勢弱了幾分。

兩邊鬥得不可開交的時候，一個女孩悠悠地嘆氣，「總歸來說，是皓皓太罪孽了。」

這個事實重鎚讓所有女孩都冷靜下來，點頭如搗蒜地回應：「沒想到皓皓真人不露相，招惹的都是大神，還一次兩個！」

女孩們看著遠處什麼都不知情，跟同學們打打鬧鬧，笑得一臉開朗的俞皓，心有戚戚焉地嘆氣，「天然發電機受真麻煩！別再給我們找更多敵人了啊。」

第八章 人生的歧路時刻來臨，我唯一能做的就是不後悔。

終於到了決賽的日子。

時燁和隊友們進行著熱身，一邊活絡著四肢關節一邊看著俞皓。

換上久違的籃球服，俞皓轉著手腕，發現時燁的視線，困惑地問：「你幹麼一直看我？」

時燁從頭到腳細細地檢查了俞皓一番，開口詢問：「你真的要下場？」

俞皓理所當然地點頭，「要啊，都已經賭了。」

「還是我們先上場，你最後幾秒再替換球員？」

時燁的建議讓俞皓直接翻了白眼，「欸，這樣也太難看了吧。而且沒有我，你以為你能打贏嚴正宇嗎？」

時燁揚眉反駁，「我如果釋放血統能力的話，原地跳起灌籃都不是問題。」

「到時候你就等著直接在全校面前變身吧！前幾次都體力透支到不舒服不是嗎？」

時燁被踩到痛腳，抿著嘴看向旁邊假裝沒聽到，只是心中悄悄地燃起戰火，要給嚴正宇點顏色瞧瞧。

「你今天不要逞強，我會輔助你的。」俞皓拍拍時燁的肩膀。

時燁看著俞皓興致高昂的臉，忍不住伸手一捏，「你才是。」

時燁多次的關心讓俞皓困惑，忍不住問：「你幹麼一直說這件事？」

「你決定的事情，我會支持你，只是……」時燁認真地說道，手掌重重地拍了他的頭。

球場上突然傳來巨大的聲音，中斷了兩人談話，原來是嚴正宇熱身期間跑到球場上秀了一手。兩人抬頭望去的時候，嚴正宇的雙手還扣著籃框邊緣。

「人家比你先灌籃了。」俞皓憋著笑，揶揄時燁明顯不爽的臉色。

「……」時燁無暇理睬俞皓，因為嚴正宇鬆開籃框後，目光居高臨下地看著時燁，眼中的戰火十分明顯，時燁也瞇起眼睛無畏地迎戰。

「好啦，走吧。」許久沒有打球的俞皓鬥志高昂，摩拳擦掌地就要跑到球場上跟嚴正宇來一場。

看俞皓過度興奮的模樣，時燁伸手拉住他，「不要衝動，也不要勉強自己。」

「你說太多次……還是你知道了什麼？」俞皓回頭看著他，臉上的表情變得嚴肅。

時燁沒有回答，俞皓咬牙固執地迎向他的目光，「我要上場！你不要阻止我。」

時燁用手指彈了下俞皓的腦門，示意他冷靜一點，「我不是說了會支持你的決定，只是提醒你不要太激烈而已。」

俞皓感激地用力點頭，小聲在時燁身邊說，「這場比賽不是為了讓嚴正宇回球隊而已，是我自己不想要有遺憾……」

「我知道，所以不會阻止你。你做的決定，自己負責，我能做的只有陪伴你完成而已。」時燁看著前方等待他們的敵人，偏頭跟俞皓說。

俞皓曾經用別人口中的評價來論斷時燁，多少帶點偏見。然而這陣子的密集相處，時燁總是一次次地給他出乎意料的感受。

即使知道了他隱瞞的事，也不會責備或是阻止他，看似無情地要俞皓對自己的決定負責，卻承諾不論結果的陪伴。

俞皓用力地揉捏著自己的臉頰，壓抑心中的感動，用力拍拍時燁的背，大聲說：「走吧，上場了。」

時燁給他的回答是更用力地回拍他，讓俞皓疼得叫了一聲，而後有默契地相視而笑走了上場。

隨著評審的哨音，年級盃的決賽揭開了序幕。

由於學校兩大風雲人物難得同台較勁，不管是對運動有興趣的同學還是對帥哥有興趣的同學紛紛入場觀賽，把體育館擠得水瀉不通，其中最顯眼的就是拿著應援海報各站一角的『蒸魚派』與『食魚派』後援會的女孩們了。

「正宇正宇加油加油！」

「時燁得第一！時燁得冠軍！」

女孩們的加油聲此起彼落，兩派聲量互尬甚至超過評審的哨音。

「食魚食魚得第一！皓皓是我們的！」

「蒸魚蒸魚拿冠軍！皓皓是我們的！」

俞皓正運球打算來個速攻，聽到應援團的口號差點沒跌倒，球也瞬間被敵方劫走，惹得隊友經過時紛紛恥笑。

「皓皓啊～你什麼時候這麼受歡迎了？」

「皓子原來你真人不露相，其實是萬人迷啊？」

俞皓邊跑邊進行回防，臉頰因為害羞燒得通紅，不解怎麼突然這麼多女生幫自己加油，心中有些飄飄然。

還有那個蒸魚跟食魚是什麼意思？

俞皓恍神的同時突然一個重響，嚴正宇瞬間扣籃得分了。

「學長，你退步了。我當初崇拜的學長，應該不是會這麼容易被影響的人。」

嚴正宇得分後沒有停留，但不以為然的語氣讓俞皓頓時臉頰熱辣，跟剛才的羞紅不同，這次只有恥辱感。

「你是不是太久沒下場，太緊張了？」時燁跑過他身邊時，輕輕地拍了他的肩膀。

「抱歉，我剛剛有點分心了。」俞皓用力地吐出一口氣，拍了拍自己的臉頰提神。再這樣分心下去，自己的最後比賽會有遺憾的。

接過己方的傳球，俞皓邊運球邊尋找可以突圍的縫隙，同步防守著敵方蠢蠢欲動的抄球動作，漸漸地將自己對球場觀察的敏銳度一點一點找回來。

嚴正宇不愧是得分高手，數次單槍匹馬地切入，將俞皓隊伍的每個防守輕鬆擊破，上半場獨領風騷囊括了隊伍八成得分，領先二年級隊伍二十分。

裁判哨音響起後，嚴正宇在全場的歡呼中回到休息區，他拿過水大口大口的灌下，不發一語地坐在椅子上休息。

「看這樣子，我們可以輕鬆獲勝啦。」

「正宇太猛了！你一定可以拿下今天的ＭＶＰ。」

能夠領先二年級冠軍這麼多分，隊友們氣勢高昂地討論著。

嚴正宇抬頭凌厲地看著他們，語氣微帶斥責地說：「大家不要鬆懈，二十分根本不算什麼。你們要注意補位跟接應我，剛剛很多次有漏洞。」

原先歡快的氣氛被嚴正宇嚴肅的檢討凝結至零下，有些隊友露出不滿的表情辯解。

「沒辦法，我們又不是籃球隊的。」

「反正你一個人就可以得分了，還需要我們接應嗎？」

「我們補位之後，你會傳球嗎？不然只是白跑一趟啊。」

看氣氛逐漸惡化，個性較溫和的同學連忙出來圓場，「大家都做得很好啊，雖然有些地方不到位，但我們都很努力了！而且有正宇在，領先這麼多分不用擔心啦。」

畢竟是領先的狀態，同學們的心情還是很好的，礙於嚴正宇的得分貢獻，大家也就耐著他的脾氣，說實話要不是嚴正宇，他們根本拿不到年級冠軍。

嚴正宇不再發表自己的想法，手搭在膝蓋上，感受從那傳來的劇烈顫抖。只有他知道他們已經轉為劣勢了。即使自己超常發揮，依然無法彌補其他四人的疏失，他耗盡了體力卻依然只能暫時領先，下半場勢必會被逆轉。

學長的隊伍雖然乍看水準平平，但跑位跟補位都非常積極，不管進攻或是防守都配合得很好，跟之前班級盃遇到的敵手不同，他們不是看個人能力高低而是真正的團隊合作互補來推動比賽，甚至把隊友的體力調節都算進去了。

該死，這就是學長在的優勢啊！為什麼學長不在自己的隊伍呢？平白給那種半吊子占了好處。

嚴正宇聽著自己隊友討論慶功宴的餐廳，一片歡樂的氣氛；再看向俞皓隊伍的方向，他們正以俞皓為中心，一臉認真地檢討上半場的表現。

「我們現在的狀況很好，大家的接應都做得很到位。保持這樣的節奏，下半場就能逆轉。」俞皓談起籃球的模樣認真而嚴肅，和平常憨傻的氣質截然不同，隊友也收起戲謔認真地聽著。

「但我們現在落後二十分，能追回嗎？我攔不住嚴正宇，他的切入太快太犀利，而且能從各個角度切入出手，防不住啊。」寶哥擔心地說。

「我就算跟上他的速度也防守不了他。」一向沉著的張書恆也掩蓋不了沮喪。

「本來就沒有要壓制嚴正宇，那是連我都做不到的事。」俞皓無奈地攤手，隨即伸出食指比出1的手勢，「但他只有一個人，撐不了全場的。其他四個人都是漏洞，大家從其他四個人切入就可以找到突破口。」

「對！」沒有上場的紀安辛用力拍掌，「其他四個人過度依賴嚴正宇，只要他持球後，那四個人就會停下動作，甚至放棄跑位。」

俞皓在場上讓時燁輕鬆許多，游刃有餘地點頭附和，「剛剛被嚴正宇牽制了，只想著防守他造成負擔，我們應該積極進攻才對。」

「光想著如何對付嚴正宇壓力很大吧？但剩下的那四個，難道我們對付不了嗎？」俞皓做了個不屑的表情，誇張的動作讓隊友們看著都好笑，氣氛頓時輕鬆許多。

「嚴正宇扛不住，但旁邊那四個不夠看啊！」寶哥首先發出大吼，瞬間提升了鬥志。

「可以，那四個絕對可以輕鬆壓制。」張子幕和張書恆放下了嚴正宇給他們的壓迫感，充滿信心地點頭。

「上半場不讓我出手，下半場可以放開了吧？」時燁看向俞皓詢問。

俞皓點頭，伸手想要摸摸時燁的頭，但無奈身高差距只能轉往肩膀處摸兩下，「可以了。我們把分數差距控制得很好，對方應該會鬆懈下來，下半場你就好好發揮吧。」

俞皓精細的戰略分析總是讓隊友們深具信心，不管遇到什麼事情都能快速地給出指示。在場下的時候如此，在場上的時候更神奇。俞皓總在大家被敵方卡住的時候出現支援，讓團隊信賴與士氣大幅提升。

「你的腳沒問題嗎？」時燁一邊補充水分一邊詢問，看俞皓雙手拿著雙方球員的資料正在分析，自動地遞水到他嘴邊。

俞皓看水瓶靠近，微仰頭便咕嚕咕嚕地喝著，突然聽到場邊尖叫聲此起彼落，敏感地往上看，發現一堆人對著他們拍照，嚇了一跳就噎到了。

時燁看著俞皓喝水的樣子覺得很像海獺，正在分心的時候俞皓就噎到劇烈咳了起來，連忙拿回水瓶，同時用自己的毛巾幫他擦拭噴得到處的水。

俞皓嗆咳著同時發現眾多視線關注，遭遇過班上女生的幻想洗禮教育，俞皓連忙推開時燁保持點距離。

「怎麼了？」時燁不知道他的小心思，只覺得這傢伙喝個水能喝得全身都是，嫌棄地一把抓過俞皓用毛巾搓著對方。

俞皓掙扎不過只好放棄，咳了幾下感覺喉嚨沒有積水了才想到該回覆時燁的問題。

「還可以，我有放慢速度，目前負擔沒有很重。好久沒有回到球場，希望能再待久一點。」

時燁看著他一臉雀躍又帶著寂寞的表情，忍不住伸手弄亂了俞皓的頭髮。

俞皓被他弄得沒心情沮喪，甩甩頭，對著隊友下最後的指示：「走吧！只要依照剛剛的戰略，我們會取得勝利的。」

嚴正宇這方魚貫走上場，他看著對方士氣高昂的模樣，再看看己方沒有戰略一臉鬆散的狀態，心中焦躁不已。

如果學長不退出球隊的話……如果自己能跟學長成為搭檔的話……

這場比賽，不能輸！

嚴正宇扔下披在身上的外套，大步往場中走。

球場上的狀況正如俞皓預料，因為領先而鬆懈的四人防守宛如豆腐薄弱，即使嚴正宇迅速補上位，他們依然可以靠著快速傳球找到切入點，再加上時燁放開了手腳積極進攻，開場不到十分鐘已經追平比分！讓一年級隊伍慌了手腳，頻頻失誤。

該死……嚴正宇發現己方氣勢崩塌，卻不知道該怎麼辦，只能靠自己切入得分來挽救情勢。

二年級隊伍雖然沒有得分猛將，但靠著配合得當的團隊策略，穩穩地推進比賽節奏；一年級隊伍在節奏被拉走後，靠著嚴正宇力挽狂瀾，卻已現出頹勢，分數開始落後了。

在嚴正宇覺得自己無力可施的臨界點時，一年級隊伍喊了暫停。嚴正宇體力嚴重透支，低著頭蹣跚地走下場。他心中沒有任何勝負的欲望了，只想著比賽快結束吧。

「大宇，你還好吧？」這時隊友伸過手臂將他撐住。

嚴正宇靠著隊友的肩膀，回到休息區，所有人第一時間問候他的狀況，給他了水和毛巾。

「大宇，先坐著休息喝點水吧。」另外一個隊友沒給自己擦汗，反而先給嚴正宇擦了起來。

嚴正宇喝著水，心中有著不明的心情縈繞，但是他已經累得無力思考，只能木然地聽著隊友們的談話。

「很明顯我們現在的節奏被二年級拉走了。」

「我剛剛被他們的閃電攻勢嚇傻了，根本無法反應過來，真丟臉。」

「等等我們都要跑起來接應彼此啊！尤其是要接應大宇啊。」

嚴正宇聽著隊友突然積極的討論以及為他著想的言詞，心中相當驚訝。

「大宇覺得呢？等等我們怎麼應變比較好？」

嚴正宇感受著集中在自己身上的視線，腦袋突然停止了運轉，從開始打球開始，他就是單槍匹馬想辦法切入得分，隊伍的策略或是節奏控制只要聽控球後衛或是教練的指示。國中的他在看了俞皓怎麼協調隊伍的進攻策略後才有了想成為控球後衛的想法，卻沒想到進入球隊後俞皓對他不聞不問，他才賭氣地向俞皓發起挑戰，連帶和隊上學長起了爭執陷入僵局。

年級盃的比賽，嚴正宇絲毫沒有關心隊友是誰，班上有人想參加、具備基礎能力，也就湊合著上了，反正他自信靠自己就可以獲勝，而他們也確實走到了年級冠軍。

二年級隊伍論實力個個都不如他，但他雙拳難敵四手，對方靠著團隊合作輕易地找到切入點得分。在自己責怪隊友不認真接應的同時，又給了隊友什麼指示？崇拜著俞皓而想成為優秀的控球後衛，但他捫心自問，自己除了單幹跟本沒有助攻過，有些得分還是靠著這些同學的傳球贏來的啊。

隊友們看嚴正宇一語不發，有些尷尬，只能自個兒討論起來，但畢竟是玩票性質的隊伍，說來說去也沒有什麼好的策略。

「我有個想法……」嚴正宇忍耐著自己不習慣的作風，認真地開口跟大家討論道：「二年級隊伍其實實力跟我們差不多，但補位跟接應比我們積極，我們調整了這點之後，應該不會有太懸殊的落差。」

眾人專心的目光讓嚴正宇有了被信賴的底氣，繼續說道：「他們的優勢在於速度，只要拉慢他們的進攻節奏，應該可以讓他們得分率下降。他們的得分主力其實命中率不高，尤其是被人妨礙的時候。」

「好！我們就這樣試試！」得到了鼓勵以及明確指示，隊友們信心也提升了許多，一個個摩拳擦掌地就要上場迎戰。

嚴正宇看著隊友們躍躍欲試的態度，口中又乾渴了起來，灌了一大口水，很緩慢地向隊友說道：「謝謝大家。」

嚴正宇平常總是冷酷又高傲的模樣，這下從他口中聽到一句道謝，隊友們只恨自己沒有隨身錄音的習慣。

「別這麼說！你帶著我們拿到了年級冠軍，這場比賽贏不贏都已經很光榮了。再說，明年還能再來一次啊。」

隊友的豁達讓嚴正宇緊繃的神經放鬆下來，突然能夠看清球場上敵方的走位及進攻模式了，他迅速地攔下對方的傳球，回傳給己方隊友後補位防守，讓隊友切入得分，全新的合作模式出乎二年級隊伍意料。

「哇，看來一年級隊伍有了應對策略。」俞皓立即感受到變化，露出興味昂然的表情。

「你很高興？」時燁看著俞皓不解。

「當然很高興，比賽就是要勢均力敵才有趣啊。」俞皓笑著說。

「你小心不要輸了。」時燁看著這傢伙一臉傻樣，忍不住提醒他，「輸了就要去做嚴正宇的僕人喔。」

「如果他真的能贏我，那我也願賭服輸囉。」俞皓無所謂地扔下話，就跑了開來，留下時燁一個人生著悶氣。

「這個沒節操的傢伙，忘了自己已經是我的僕人了嗎。」時燁跑向自己的防守位置，嘴巴不停叨唸，「輸了的話，我養肥的鴨子就要飛了，必須贏！」

一年級隊伍調整了策略後，雖然有些生硬但團隊接應默契逐漸養成，搭配上嚴正宇一支獨秀的得分能力，逐漸改變了比賽的頹勢，將比分追回形成拉鋸戰。

熱烈的比賽讓看熱鬧的同學們改觀了，真心誠意地為自己支持的隊伍大聲地加油，籃球隊的二年級也在教練的要求來觀戰，本來輕浮的調笑態度在親眼目睹了嚴正宇的轉變後各有所思。

場上比賽進入了最終五分鐘，兩邊隊伍是同分平局的狀態，誰能先進一球就幾乎能夠獲得勝利。

俞皓持球快速地切入禁區，想傳球卻發現隊友們都被封鎖住，而自己眼前出現的是嚴正宇，嚴密的防守讓俞皓被逼得將球傳出禁區。一直刻意忽略的疼痛從腳踝上開始蔓延而且逐漸加劇。

不行停下，已經是最後了！打完這場之後，他會認命地好好休息，只求老天爺能讓他保持狀態撐完最後幾分鐘。

俞皓緊皺著眉頭，咬著牙繼續快速移動著接應隊友，在最後兩分鐘，時燁出手投籃！球碰到了籃框轉了圈彈出，球員們紛紛跳起想要爭奪籃板，俞皓喘著氣短暫地休息，同時在心中祈禱。

自己的失誤，自己來補。時燁搶到了籃板，依然是二年級隊伍的得分機會！但時燁周遭一片混亂，他無法硬上得分只能傳球，但該往哪傳去？

左邊！時燁彷彿聽到了俞皓的聲音，毫不猶豫地將球快速扔過。

俞皓接到球的同時想傳給其他隊友，但這時嚴正宇已經補位防守他，場上觀眾大聲呼喚出倒數聲，無法猶豫！必須出手！他禁不起延長賽了。

俞皓持球跳起投出！這也是他這一場比賽中唯一一次出手，他咬著嘴唇讓自己盡量穩定，劇痛讓他緊咬的唇滲出鮮血，但他依然毫不遲疑地將球送出。

只是幾秒鐘的時間，俞皓落地後便不支倒地。但他眼睛眨也不眨，看著嚴正宇跳起試圖阻擋，甚至碰到了球體邊緣，本來要颯爽入網的球在框邊轉著，眾人屏息看著這關鍵的一球，幸而最後——落入網中！

俞皓坐在地上聽見比賽的結束哨音，無意識地用手指擦去了嘴邊的血絲，才終於意識到自己手掌的顫抖，腳踝的劇痛也同時傳來。

真是狼狽啊——俞皓乾脆地往地板一躺，摀著臉笑起來。

「贏了。」時燁伸手拉起俞皓，看他痛得臉都皺在一起，還有嘴邊滲出的血漬，沒有多說話只是輕描淡寫重複了結果。

「我很帥吧。」俞皓用單腳撐起身體，讓時燁支撐自己的重量，一邊笑著跟時燁說。

「你也才得了兩分。」時燁看他眼眶都紅了，只好說一些廢話想轉移他注意力。

「學長，如果這球沒進的話，我們就能打延長賽了。」嚴正宇走向俞皓，一臉意猶未盡。

俞皓苦笑著回答：「沒辦法，我已經是強弩之末了，剛剛那一球讓我的疲勞性骨折復發了。」

嚴正宇驚訝地看著俞皓，早就知道實情的時燁不作聲地示意俞皓將腳踩在自己的鞋子上，讓他不要碰地，一手搭肩一手扶著腰讓他靠著自己，減低壓力。

「我之前以為是發炎，好幾次比賽硬上，等到醫生診斷出是疲勞性骨折已經來不及了。雖然不是永遠不能打球，但這一年是無法上場了。不說出口，是我已為或許會有奇蹟發生的那天，我還能回到球場上跟大家一起奮戰。今天你打得很好，有幾分控球後衛的樣子，我也應該甘心把位子讓給你了，我會再去跟其他社團隊友說明。你可別忘了賭約是我贏了喔，你要乖乖的去跟學長們道歉，知道嗎？」

看著俞皓曲起的腳與彆扭的站姿，嚴正宇還在消化俞皓投出的震撼彈，只能乾聲說：「不管是贏還是輸，我都會去跟學長們道歉。」

「怎麼，覺得學長很可憐對吧？比你想像中的還要嚴重對吧。」俞皓看著嚴正宇一臉遭到雷劈的表情，忍不揶揄。

「學長……我進這所學校，是為了跟你一起打球啊。」嚴正宇突然卸下了僕克臉，不再隱藏沮喪。

「沒事啦，我有空還是會去看你們練習。這次不會再忘記了約定了。」俞皓伸手想拍拍嚴正宇的頭，但現實身高差讓他嘟噥著縮回手，「搞什麼一個兩個都這麼高，大家成長期不是一樣嗎？」

嚴正宇看俞皓的動作猜到他的意圖，立刻蹲了下來讓俞皓可以輕易地摸到他的頭，俞皓立刻把上放上去揉了揉。

嗯，這種收服了大型寵物的感覺非常好！果然人生就是像漫畫描述的那樣，在青春友情之後就是熱血跟勝利啊。

俞皓摸著摸著上癮了，一邊感受對方短髮帶給皮膚的尖刺感，一邊扮演著苦情主角的角色對嚴正宇說：「正宇啊，學長把自己的夢想跟位置託付給你了。你要好好帶球隊前進，像今天這樣把個人勝負置之腦後，全心思考怎麼做才是對隊伍有利喔。」

「學長！我一定會加油的！」嚴正宇聽到俞皓改變了對自己的稱呼，還把夢想託付給他，感覺彼此距離拉近了許多，心中非常雀躍。

「哇，這個是求婚嗎？官方發糖，比我腦洞還甜啊。」蒸魚女孩們看著遠處醒目的大型秀，個個張大了嘴巴，焦距拉到最近卯起來拍攝，有信心晚上再產出十幾二十篇同人文了。

「嗚嗚，時燁大大。老婆要被人搶了，你還在旁邊袖手旁觀！」食魚女孩咬著手指一臉恨鐵不成鋼，但手上的相機同樣地也是拉到最近，就是怕錯過這場世紀大戲。

姑且不論女孩們的心思，時燁自然不會對覬覦自己僕人的傢伙袖手旁觀，支撐好俞皓後，騰出一隻手把俞皓的手拉回，惹得俞皓一臉疑惑。

「頭髮太髒了。」時燁面不改色地當著當事人說道。

「也是喔，大家打完球都出了一身汗。」偏偏俞皓無所感，笑嘻嘻地接話。這場球賽他打得很盡興，好好的跟自己的遺憾告別了，球隊的事情也解決了，實在太順心了。

被討厭的學長和敬重的學長連說『髒』的嚴正宇，默默地起身，決定把這筆帳算在時煒頭上。

「學長，雖然比賽輸了。可是我的個人得分比較高，所以其實也沒輸。」嚴正宇突然開口賴皮。

「什麼意思？」本來轉身要去醫療室的俞皓回過頭。

「當初說我輸了的話，要去道歉；我贏的話，學長要當我的個人指導。」嚴正宇仔細地重複著當初的約定，看俞皓愣愣地點頭後繼續說：「學長的得分是兩分，我的得分是六十八分。就算把你旁邊那個加起來也才四十二分，怎麼樣都是我贏。」

俞皓睜圓了眼睛聽著嚴正宇莫名的邏輯，無奈地問：「所以？你不想去跟籃球隊的學長道歉嗎？」

嚴正宇搖頭，「不是，我是希望學長教我打控衛。」

俞皓一聽，爽快地點頭答應，拍拍胸脯說：「我一定會教你啊，你現在是我的接班人耶。」

嚴正宇聽到俞皓的說法，滿意地點頭，旋即又想到什麼補充說：「也會是唯一一個吧。除了我，學長不會再分心在別人身上。」

「喔？好啊。」反正球隊也沒有誰更適合打控衛，除了嚴正宇沒人可以教。

時燁知道嚴正宇是在針對他，就俞皓這個傻子不知道。但反正自己也沒有要繼續鑽研籃球了，無所謂。

冷著臉哼了一聲，時燁搭在俞皓腰間的手微使力提醒俞皓要離開了。

俞皓接收到時燁的暗示，跟著時燁要離開球場時像是想到什麼，掙脫時燁小跳步地向嚴正宇跳去，好奇地問：「正宇，你怎麼做到一個暑假長高二十公分的啊？我之前沒認出你，是因為你瞬間長得太高了。」

嚴正宇低頭看著俞皓，知道了學長忽視他的真正原因，連最後心裡一絲委屈都散去，難得地露出笑容回答：「其實也沒做什麼，就是喝牛奶跟打籃球、跑步而已。」

「怎麼可能！」俞皓激動地拉著嚴正宇衣襬逼問，「你沒有喝登大人？還是轉骨湯？牛奶是三倍鈣質的那種嗎？」

俞皓太過激動，忘了自己腳上有傷，讓受傷的腳落了地，痛得抱著腳嗚嗚叫。

時燁看他這樣的蠢樣，無奈地嘆氣，一個伸手就把俞皓打橫抱起，以免這傢伙再度失控讓傷處變得更嚴重。

「長高是天生的基因，你已經來不及了。」時燁壓制住覺得抱姿太過羞恥、掙扎不已的俞皓，冷酷地吐槽後把人打包帶走。

「啊……新娘抱！」食魚女孩們立即從方才的低潮中快速復活，啪擦啪擦地快速按著拍攝鍵，同時冷嘲熱諷地對另一派笑道：「所以這場求婚戲碼，最後是我們時燁大大勝利啦。」

「剛剛明明皓皓是朝我們正宇跑去，是時燁無恥攔截！沒看到皓皓在掙扎嗎？」蒸魚女孩氣憤地叫嚷。

兩派女孩們就在球場上一言一語地吵了起來，這些爭執自然是沒有傳到當事人耳中。但俞皓還是覺得羞恥萬分，摀著耳朵閉著眼睛逃避眾人笑話的目光。

第九章　天然的撩比刻意的撩更讓人無法承受。

時燁抓著俞皓到醫院檢查完畢之後，腳踝被重重包裹住。俞皓回到房間，看著自己腳上厚重的包紮嘆氣。

「這也包得太嚴重了吧。」俞皓坐在椅子上把腳靠在矮桌上。

「包成這樣比較不用擔心落地衝擊又讓傷處惡化，你還是乖乖的吧。」時燁坐在地板上靠著矮桌前端，邊看電視邊吃著洋芋片懶洋洋地回答。今天球賽太累了，後來又帶著俞皓就醫奔波了一天，時燁現在只想放空休息。

可惜俞皓負傷不能使喚他做點東西來吃，哼哼，就記到下次吧。

俞皓不知道時燁心中的算盤，但對方最近對自己的依順讓他生出惡膽。看時燁難得在自己的視線下方處，俞皓得意地用腳在對方背後輕搔，惹得時燁數次賞他白眼，但身負『重傷』的俞皓彷彿得到免死金牌，絲毫不放棄無聊的惡作劇，還辯稱無法控制自己受傷的腳。

時燁覺得煩，乾脆往前移動了點，俞皓也跟著移動了些，剩下半邊屁股在椅子上，一邊騷擾時燁一邊問：「你是什麼時候知道我的傷不是扭到而已，而是疲勞性骨折啊？」

時燁頭也不回任由俞皓搔著他的背部，忍耐著背部癢癢的感覺，隨口回答：「我推測的。你這麼喜歡籃球，房間內卻沒有關於籃球的東西，應該是都收起來怕觸景傷情吧。」

俞皓聽到時燁的說明陡然生出崇拜的心情，傾身向前想稱讚對方，就聽到時燁頭也不回地說：「騙你的。你媽媽對球球說的。」

聽到真相，俞皓氣得伸出手就要掐向時燁的脖子，完全忘了自己是負傷的人。結果就是重心不穩朝時燁背後重重撲去。

背後突然傳來一陣重響與大叫，接著就是重物撞擊在自己背上。臉頰被用力而短暫地碰觸了下，還來不及思考是什麼，脖子就給人用力地勒住了，讓時燁痛得咳了一下。等他緩過勁來，艱難地微微側頭查看，視線就對上淚眼汪汪的俞皓正可憐兮兮地看著他。

俞皓的傷口又被這個意外拉扯到，疼得眼眶都泛出了眼淚。整個人跪趴在矮桌上，幸好往前撲倒的時候摟到了時燁的脖子，才沒有造成更嚴重的後果。

「你在幹麼啊……」時燁無奈，整個人被俞皓攀住，害得他也動彈不得。

覺得自己是被時燁害得如此狼狽，俞皓又痛又氣地哭喊：「都是你害的啊！沒事說什麼屁話！」

「你跌倒就我害的？那你贏球怎麼沒說是我害的？」時燁任他扒著也不敢亂動，怕俞皓不穩摔下來。

「總之是你害的。」俞皓幼稚地遷怒，同時移動著沒受傷的腳小心地改變姿勢，弄了半天才從時燁身上爬下來。

俞皓爬坐回沙發，發現自己腳上的繃帶散開來了。他愁眉苦臉地試圖綁回去，過程中數度拉錯位子，扯得自己疼得嗚嗚叫。

「……我來吧。」時燁看到他笨拙的樣子，已經不知道該說什麼好，伸手默默地接過這個工作，研究怎麼綁好。不禁疑惑，自己一心想要收編俞皓當小弟，但到目前為止怎麼好像都是自己被使喚？

時燁動作很溫柔，比俞皓自己搗弄好多了。何況他覺得這個慘劇是時燁害的，也就大爺般地伸腳給對方研究，看著時燁奮戰的樣子，俞皓沒事幹看著時燁的髮旋閒聊。

「你很久沒變身了欸，我明天帶你去溜溜怎麼樣？」俞皓想到自己背包中的祕密武器，興奮地提議。

時燁頭也沒抬，低聲拒絕：「不要。真當我是狗啊，給你溜溜？而且你這個腳，是我溜你還是你溜我？」

俞皓覺得沮喪，伸手拉起時燁的頭髮洩憤。經過這次的短期同居，俞皓對時燁真人的適應力大幅提升，膽子又隨棍上了。

時燁不理他的小動作，只是專心地幫他把繃帶綁好，交代：「我先簡單幫你綁起來，你不要動作太大以免又脫落了。」

俞皓點頭，輕快地站起身，單腳小跳步地走到房間角落的櫃子邊，想要從高處把什麼拿出來，沒注意到繃帶又隨著跳動脫落。

俞皓興奮地想要炫耀自己的祕密武器，也許時燁看到之後就會龍心大悅，繼而願意變身了。

時燁看著他單腳在那邊跳著，手一直往上拽著什麼，偏偏那個什麼卡在櫃子上，看著膽顫心驚，連忙開口阻攔他的冒失舉動，「你不要跳！萬一又跌倒——」

才說到一半，俞皓踩到了脫落的繃帶，身體一歪就要摔倒。時燁措手不及只想著奔向前接住他，激動的情緒讓時燁體內的血緣基因沸騰，本來就因為運動而高漲的能量被接連著刺激到了頂點，化為一道黑色陰影快速閃過。

發覺自己做了蠢事，俞皓閉著眼睛等待墜落的劇痛卻久久沒有到來，只感覺到身下軟軟熱熱的，用手摸了摸是動物的身體，張開眼睛一看是一隻黑豹幫自己當了墊背。

俞皓雖然為自己又再次製造危機連累時燁感到心虛，但久久沒看到動物形態的時燁讓他很興奮，不顧時燁黑豹凶狠的眼神，抱著對方磨蹭，連腳痛都忘記了。

「黑豹欸！我第一次發現你的祕密那天有出現過對吧！」俞皓雙眼放光，手一邊摸一邊地碎碎唸著，「毛短短的好扎手啊！體溫好高喔，只要把手放上去好像會被燙到！還有這俐落的流線身形，跳躍的時候一定很帥！你從這邊再跳到那邊一次好不好，黑豹的速度真的好快喔！你剛剛明明在房間對角線，一瞬間就到我旁邊來了。」

俞皓兀自說了半天，終於發現時燁的沉默。看著連眼神也不給他，看著遠方的黑豹時燁，俞皓後知後覺地發現對方可能在生氣。

「唉唷，對不起啦。我剛剛想給你看個東西，就忘了腳上不方便。」俞皓討好地給黑豹時燁按摩，一手伸長把剛剛抓下來的包包打開，倒出滿腳的寵物玩具。

從飛盤到彈力球、從牽繩到狗雨衣，俞皓得意洋洋地一樣一樣拿給時燁黑豹看，「我花了很多零用錢買的，以後我帶你去公園溜溜的時候就可以用得到。光是玩具我就買了五種，這樣你可以盡情地釋放能量，還能換著花樣釋放。」

時燁黑豹滿臉黑線，看著這堆玩具說不出話。確實跑跳能加速能量消耗，但他又不是真正的寵物，這些玩具對他一點也沒有吸引力好嗎！他無法想像自己咬著球的模樣，實在太蠢了……

時燁黑豹朝俞皓齜牙咧嘴的一番，俞皓抱躺在黑豹身上，邀功似地嘻嘻笑著，等著腦中直接出現時燁的聲音——但這次沒有，時燁黑豹對他發出的聲音就只是動物的聲音，而他一句也聽不懂。

俞皓瞪圓了眼從他身上起身，抓著時燁黑豹的耳朵和他對視。

「我們不能溝通了？」

時燁一直想逃避不去面對的事情意外地被攤開來，他無奈地推開俞皓變回人形，想起身拿個衣服穿再解釋，卻被俞皓以為時燁又想逃走而大力拉回他在地板上坐好。

俞皓平時只要時燁裸體就會焦慮，這次因為更重要的事情分心反而忽略了這件事情。這個反差讓時燁覺得裸身很不自在，氣勢被俞皓壓制住，只能不安地往地下看，雙手緊緊地壓著小狗用的雨衣當作唯一的遮蔽物。

俞皓跪在地上，居高臨下地看著時燁，雙手捧起他的臉不讓他躲避視線。

「從上次貓咪的時候開始的嗎？」俞皓緊緊盯著時燁的眼睛，怕錯漏對方的表情。

仔細想想上次吵架的時候，時燁變成了小貓咪，自己就聽不懂他的動物語了，但當時粗心的他沒有細想，以為只是短暫的現象。時燁之所以不肯在他面前變身就是這個原因嗎？

雖然臉頰被捧著，但時燁不願直視俞皓逕自往地板看去。自己內心隱藏的祕密就和現在的自己一樣，被迫赤裸攤開。一向心高氣傲的他不知道該怎麼回答，也不願意回答，只能抿著嘴看著地上。

「要怎麼恢復？」俞皓見時燁不說話，老是看著地板方向，連忙彎身去對時燁的眼睛，想推測他的想法。沒想到這一瞧嚇了一跳，從來高高在上十項全能的時燁，一臉委屈地看著自己，高挑俊美的五官被俞皓的手擠壓得變形，增添了幾分可憐。

「你之前說要靠交換體液？」俞皓追著時燁移動的目光，逼迫他面對問題。

「這樣可以嗎？」俞皓靠近時燁舔了一下他低垂的額頭上小小的傷口。

時燁被俞皓的舔拭弄得搔癢刺痛，不自在地推開了對方。俞皓看好像沒有效，絞盡腦汁地回想著當初怎麼交換成功的。

回溯記憶之後，俞皓一手扳著時燁的下巴讓他往上看，一手指著自己嘴脣邊的傷口問：「是不是要你來才有效？」

時燁看俞皓這麼主動地想解決，更是說不出口真正的理由——『因為心意無法相通，所以失去了信任』，這個理由聽起來太遜了。

「……應該過一陣子就會好了。」時燁彆扭地小聲說道。

「真的嗎？」俞皓懷疑質問。同時認真地思考怎麼做才好，天真地更靠近時燁問：「還是要嘴巴對嘴巴啊？這樣會不會交換得比較徹底？」

時燁被俞皓不知道是過度天然還是過度腦殘的玩笑嚇得遮住自己的嘴，嚷著：「你在想什麼啊。」

「要不要試試看？男生跟男生沒差啦，當作被狗咬一口。還是你要變成狗？」俞皓覺得自己的建議不錯，很認真地問。

時燁想要把這傢伙掙開，偏偏還記掛著他腳上的傷不敢用力，反而被俞皓壓得死死的，真想變成狗咬死這個蠢蛋。

正當俞皓躍躍欲試地想靠近時燁的同時，俞皓媽媽衝了進來大聲哭吼：「不可以！寶寶你不可以強迫同學！」

俞皓跟時燁看著俞媽媽聲淚俱下的激動模樣嚇傻了，以至於忘了兩人的曖昧姿勢以及時燁的裸體狀態，生硬地維持著俞皓捏著時燁下巴逼近裸體時燁的模樣迎接媽媽的到來。

「寶寶——！媽媽不是這樣教你的啊！」俞媽媽不敢置信地望著眼前寶貝兒子強吻民女……更正，是裸男的這一幕。

「媽媽之前想了很多，還去上課想說要理解寶寶的心情，不管寶寶怎麼選擇，媽媽都能理解。也準備好寶寶可能會想變成女兒的各種可能，還買了很多可愛的衣服。」俞媽媽大聲地哭泣，同時滔滔不絕地說著自己的腦補。

「媽啊——你誤會啦！」俞皓連忙單腳跳步衝到媽媽身邊解釋。

俞皓一走，時燁終於覺得自在許多，也找回了閒情逸致觀賞這齣大戲。

「寶寶，媽媽可以理解戀愛的多元。但絕對不可強迫同學！你、你還撕爛了人家的衣服！媽媽、媽媽不是這樣教你的啊。」俞媽媽嚎啕大哭地抓著兒子不停搖晃，完全不聽解釋。

俞皓看媽媽已經崩潰，連忙給時燁眼神，叫他先把衣服穿起來。怎麼會連續兩次被媽媽看到這種事情！這下要怎麼辦？

時燁意思意思地伸長手抓了衣服殘骸遮住自己的裸體，但無奈變身成黑豹的衝擊過強，衣服基本上已經變成碎布片片，遮了比沒遮看起來還悽慘，俞媽媽見狀又大聲嚎叫。

「寶寶你太粗魯了吧！對待女朋友……不是，另外一半要溫柔體貼啊！媽媽一直是這樣教你的！」

「媽，不是啦，那個是意外啦。」俞皓給了時燁大白眼，慌張地向媽媽解釋。

「對，就算是意外！就算色慾薰心無法忍耐了，也要溫柔地慢慢的來啊。媽媽就是被爸爸這點吸引的嘛。」俞媽媽陷入自己的妄想中，不停勸戒著自己的兒子，說到後來已經偏離主題，變成在宣揚自己的愛情觀了。

「媽、媽……你冷靜點。」俞皓不想知道他爸色慾薰心的經過，也不想讓時燁看笑話，連忙動手把媽媽一點一點推出去，關起房門讓時燁換衣服。

時燁慢條斯理地打開俞皓的衣櫃，找了尺寸對俞皓寬鬆對他稍緊的衣服湊合著穿上，聽著外面傳來的激動談話聲，偷偷地笑著想——

原來俞皓的過度腦補，是從媽媽那遺傳過來的。

在俞皓保證了一百次會對時燁溫柔又體貼之後，好不容易擺平了媽媽的歇斯底里，但俞皓被鬧到完全忘了要否認時燁是男朋友的事情，讓媽媽帶著這個誤會湊在他耳朵邊說：「寶寶啊，媽媽沒想到你是攻啊。能壓倒這麼帥又比你高壯的男生，媽媽其實挺光榮的。」

俞皓被媽媽百變的態度嚇傻，忘了第一時間否認，以至於後來的否認都被媽媽腦補成害羞不敢承認。

「媽媽為了瞭解寶寶，買了很多漫畫來惡補。下次借你看看，上面的那個比較辛苦，裡面有教很多知識（姿勢）的。」俞媽媽看兒子虛心受教，也就滿意地離開了。

媽媽啊，你看了什麼漫畫怎麼變得怪怪的？還有你兒子不是上面也不是下面那個啊！俞皓看著媽媽的背影消失在樓梯間，才想到自己要說什麼，但俞媽媽已經更新了扭曲的記憶離開了。

俞皓被媽媽突然的攻擊搞得一頭混亂，回到房間後看到衣裝整齊的時燁歪著頭靠在矮桌上看他，還一邊把餅乾吃得到處都是碎屑。

「寶寶啊，以後請溫柔又體貼的對待我吧。」穿好衣服，又變得游刃有餘的時燁取笑俞皓。

俞皓突然感覺自己問不到答案了，穿回衣服的時燁又把保護色穿了回去。

下次再說吧。俞皓嘆口氣，他今天好累好累好累啊——受傷的腳又變得好痛好痛好痛啊——

（完）

後記

「後記」這兩個字，是完成交稿才能寫的，所以很神聖。

從二月開始，而今終於抵達了這個終點，我忍不住流下了鼻涕。

我帥氣逼人、英俊瀟灑、身材挺拔的編編在今年動漫節問我有沒有興趣提案寫新書，我一邊痴呆地挖鼻孔一邊說好累再說吧。直到他跟我說他正在尋找繪師MAE的搭檔寫手，聽到這邊之後，我迅速地改變了我的態度，以亭亭玉立之姿誠摯地握住他的手祈求給我這個機會。

於是幾十次的提案、討論、駁回、修改，從穿越到重生、從藍月到翼想本，在我以為江郎才盡之際，誕生了這本《誘捕！不聽話的寵物男孩》。

我會這麼努力，都是因為太愛MAE的關係。看著自己設計的角色由MAE

老師繪製出具體的形象，我心中的淚水跟嘴邊的口水雙管齊下源源不絕，謝謝MAE畫出了比我想像中更帥更好的俞皓、時燁、嚴正宇，在我對人物個性角色感到混淆時，看著人設釐清了許多模糊的地方，真的很感謝。

《誘捕！不聽話的寵物男孩》其實直到出版前一個月，書名都叫做《你好喔編編》，因為一直想不到好的書名，在初次內部提報的時候它一度叫做《變身指令》，但因為跟某少女漫畫撞名，必須修改。於是展開了編輯部命名募集活動，經歷了五十位夥伴的靈感，才終於有了這名字！沒錯，書籍出版是團隊活動，絕對不是一己之力，因此得到了這麼棒的書名、這麼棒的書封、這麼棒的標準字設計、這麼棒的書籍簡介，讓微小的我心存感謝，一百八十天的孤單趕稿頓時得到了回報。

有些讀者是從《戀愛教戰手冊 明天的明天之後》認識我的，這本書和你們想像中的落差很大吧！對我來說也是很大的挑戰，為了調整以及抓到翼想本館系風格，我調整了很多次寫法以及用字行文的方式。甚至是每一萬字就焦慮地懇求編編幫我看看有沒有趣，在寂寞的創作旅途中，編輯就像是馬拉松的中繼站，在我想要放棄哭泣之際，給我繼續往下的力量，而今抵達了我的終點，卻是《誘捕！不聽話的寵物男孩》的起點，接下來希望它也能夠和更多的讀者相遇，獲得喜愛，展開自己和主人的旅途。

如果你讀完了這本書願意幫我寫個推廣文到博客來、金石堂網路書店，真的是非常感謝您的大恩大德！如果有什麼想跟我說的話，歡迎到臉書粉專『夢夢小杏桃』、IG『Apricotpeach329』來找我玩，雖然裡面我都在發BTS廚跟說廢話，希望大家不要嫌棄。

續集？如果賣得好的話，或許就會有了吧。希望有啊。

在萬千書海中，感謝你選擇了《誘捕！不聽話的寵物男孩》與我相遇。^^

特別收錄番外篇　少女A子的戀愛觀察日記

濾鏡這種東西，對少女來說很重要。

什麼東西加了濾鏡就會不一樣。像是手機濾鏡軟體能調整照片顏色，變得更加鮮明，戀愛濾鏡可以讓平凡無奇的隔壁男同學變得閃閃發光。而我自備的腐女濾鏡，則是讓所有男同學間的相處都曖昧了起來。

搭個肩、拉個手、互相推拉兩下，我都能寫出一篇兩千字同人文。桀桀桀，男女同班的世界真是美好。

起初我是沒注意到皓皓的，身高一六零、小動物系的他不在我的ＹＹ範圍內。殘酷點說就是一個同班男生，五官由兩點一線組成的普通同學。

沒想到某天他和班上男神時燁搭上線之後，成了我的日糧來源，真是打臉。

X月A日

「時燁同學，可以請你教我數學嗎？」班上漂亮的女同學，畫著精緻妝容，嗲聲地在時燁身邊眨著眼睛問。

「沒空。」時燁大大連頭都沒抬，只顧著寫著自己的筆記，隨即抬頭朝皓皓方向呼喚，「俞皓——」

「嗯？」正在跟別的同學打鬧玩著的皓皓轉頭。

「回來寫數學作業，還有我幫你做了考題預測。」時燁大大毫不在意地展現何謂雙重標準，惹得女同學黑了一張臉，真爽。

「放學再寫啦。」皓皓玩到一半，不想做作業，只是遠遠地喊了一聲。

時燁大大直接站起身，一手抓住俞皓衣領，把人拖了回來，一臉不爽地說：

「是誰說要我幫他補習的？還要我求你嗎？」

看看，就是這樣。時燁大大的雙重標準永遠在俞皓身上展現，一向冷血的他竟然主動幫俞皓皓補習，但我覺得他一定是想獨占對方所有的時間，不想皓皓跟別人玩吧。

X月D日

「時燁！」皓皓例常地大喊，「你又偷吃我的便當。」

「哪有偷吃，我光明正大拿來吃。」時燁大大懶洋洋地單手撐著臉頰，一口一口地吃著桌上的便當，「而且這本來就是我的。」

「你現在吃了午餐，我們中午吃什麼？」皓皓手扠著腰，像是媽媽數落兒子一樣教訓時燁。

時燁大大也是會心虛的，他轉了轉眼球，舔舔手指享受了最後的餘韻之後，乖乖地把吃到一半的便當盒還給皓皓。

「剩下的是我的，你中午就吃福利社吧。」皓皓哼了一聲。

「不要福利社……」時燁大大難得地動搖了，他抓住皓皓的衣角無聲地用眼神請求，但被皓皓無情地甩開。

別的女同學見狀連忙貢獻自己的便當，但時燁大大不屑一顧，沮喪的表情就像是被拋棄的小動物一樣。

我們至高無上的時燁大大其實是個妻管嚴，想他大爺連老師的話都能無視。可惜在皓皓面前根本是隻小貓，男人被抓住了胃就是這麼可怕啊。

看似日常的對話，我就是能產生各種腦補，託同班近水樓台的福，我的第一手腦補情報讓我在『食魚派』站穩了大大的位置。只是我最近有一點點的小煩惱——

「學長。」下課鐘聲響起，嚴正宇學弟的聲音就準時地同步出現。他喊皓皓的聲音簡短俐落，普通的兩個字偏偏讓他喊出了獨特的音頻，那是只屬於皓皓的音調。

「大宇！」皓皓書都還攤在桌上，人就衝出去了。他看到學弟的身影訝異地跑到教室門口問道：「你好早到我們教室喔，怎麼能這麼早下課啊？」

「我不早的話，學長會被某個人拐走。」學弟面無表情地給了後方某人個眼刀，然後溫柔地對皓皓說：「學長你叫我正宇就好。」

「喔，也沒這麼誇張吧，只是之前有幾次時燁有事需要我陪嘛。」皓皓聽不出來對方口中的針鋒相對，開朗地擺手打哈哈，天然真是很恐怖的事情呢。

「我看大家都叫你大宇啊？叫你正宇不會太嚴肅嗎？」皓皓問了關鍵問題，讓我忍不住握緊拳頭。

「不會，學長是特別的。」學弟果然沒錯過這個暗示，他直率地看著皓皓，表示自己真的不在意，還順帶嘴甜地發了塊糖。

「嗯嗯，也是啦，畢竟我是師傅嘛。」可惜皓皓情商很低……完全沒發現學弟的表白。

對於學弟的乖巧與尊敬，皓皓很得意地伸出手想拍拍對方的頭，在他意識到身高差距只能拍到肩膀之前，學弟瞬間彎下身讓他碰觸頭頂，不知覺間兩個人養成了這樣的習慣，讓我看得一臉鼻血。

「俞皓——」時燁大大苦命地把皓皓遺落的東西都收拾好之後，拎著他的書包踱步到俞皓身邊，表情有點不悅，「你不會忘了今天有事吧。」

皓皓被提醒之後一臉不甘願，他轉著眼睛，應該是想怎麼擺脫時燁大大吧。

「可是我答應了正宇要陪他訓練欸。」皓皓眨著眼睛一臉理直氣壯。

時燁不爽地看著學弟，學弟也不甘示弱地用眼神回擊，攻攻相對果然是戰火四射，連我在遠處拍照都感覺拍下四濺的火花。

偏偏皓皓沒有感覺到兩人的劍拔鴑張，還笑嘻嘻的抓住學弟的手臂，一派天真地說：「走吧，我們去球場上練習。」

「嗯。」學弟感覺自己在這場選擇中勝出，露出了微笑，得意地看了時燁大大一眼，那個眼神足夠我吃三碗飯。

「……」時燁大大一臉吃到屎這麼臭，但最後選擇冷哼一聲，拿著皓皓書包宛如押解人質一般跟著兩人一起走，一邊在後面碎碎念，「等你社團活動結束，今天住我家，休想賴皮。」

住我家啊啊啊啊！這什麼展開？

「欸——」俞皓的小伎倆被拆穿，張大眼睛不甘心地哀鳴，「這樣我要多做晚餐跟早餐，不要啦。」

「那學長來住我家吧。」學弟看俞皓一臉不情願，連忙幫腔。

「我又不是沒地方去，可以住自己家啊。」皓皓嘟噥抱怨著，但很顯然是火上加油。

「那我去住你家，你選一個。」被放鴿子的時燁大大很不爽，沒有打算放過皓皓。

「好啦、好啦，去你家就去你家。」皓皓癟著嘴屈服了。

「學長……」學弟心疼地看著俞皓一臉委屈，小聲地詢問皓皓。「學長是不是有什麼把柄落在他手上？需不需要我幫忙解決？」

皓皓往旁看了時燁大大方向，對方顯然也聽到了學弟的問話，一臉冰霜地等著皓皓回答，我有種皓皓沒回答好就會被先O後殺的預感。

「沒有啦，是我自己忘了先答應你，又答應時燁的。」摸摸鼻子，感受到OO危機的皓皓不敢再抱怨以免讓人誤會，尷尬地笑著解釋。

「哼。」時燁大大聽到皓皓的回答，露出雖不滿尚可接受的表情。

皓皓逃過一劫了，真可惜。嘖！

三個人的腳步就這樣走遠了，留下勤奮筆記三人對話的戰地記者，也就是我。身為『食魚派』的擁護者，我自然是被時燁大大跟皓皓的互動甜的不要不要的，看看我們時燁大爺何時在別人面前露出這樣傲嬌的模樣，和學弟爭風吃醋不說還成了拎書包的小書僮。

但是最近學弟轉變了畫風，從相愛相殺的敵手變成養成系的忠犬，這個設定讓我受不了誘惑。還有你看看剛剛兩個人特有的默契更是讓人感受到學弟年下的無限寵溺啊啊啊啊。

所以，我爬牆了。

註冊了小號之後，我迅速地成為『蒸魚派』一員。多虧嚴正宇學弟比鐘聲還準時的報到，和俞皓的互動也屢屢發糖。看著兩派大打出手，我只能低調地切換身分當個牆頭草，誰讓兩隊CP這麼甜呢？

O月X日

「學長。」嚴正宇學弟今天依然準時來接俞皓，從獨特的音頻中，我怎麼只聽出了甜味。

「正宇。」皓皓開朗地朝學弟揮揮手，宛如期待男友來接的女友般雀躍地笑著。

「俞皓。」喔喔，時燁大大突然從後方拉回俞皓的身體，在他耳朵旁邊嘀嘀咕咕，是不是在教訓他對別人笑得太燦爛？

「我知道啦。」皓皓看著時燁大大點點頭，極有信心地拍拍胸脯大聲說：「既然答應你，就會做到啊。迪O尼造型的杯子蛋糕是有難度，但我也滿手癢想試試看的。」

雖然時燁刻大大意壓低了聲音，但豬隊友皓皓沒有發現對方的意圖，很大聲地把時燁大大的祕密昭告天下。男神大大竟然想吃迪O尼造型的杯子蛋糕，這個話題在我的無時差傳播下迅速登上今天校園熱搜話題。

「學長……」學弟突然用很很委屈的聲音呼喚俞皓，沒想到鹽系學弟也會用這種聲音說話啊！剛剛怎麼就忘了錄音呢？

「嗯？」我們天然大兵皓皓依然故我，略過對方的暗示，發出了傻憨的單音。

「練習這麼多次，學長都沒有做過點心給我呢。以前不是都會給學長們做點心嗎？」學弟很顯然是初次撒嬌，不懂要領。

「你不是不吃點心嗎？」皓皓不明白學弟意圖。

而我已經姨母心噴發，很想幫學弟舉大字報，教他怎麼說話才把得到小受。

「學長做的不一樣。」雖然學弟不懂撒嬌，但投直球還是行的。

「喔，那我下次——」皓皓幾乎開口的承諾，被時燁大大黑著臉攔截在手掌中。

「不是說只做給我吃嗎？」時燁大大幾乎是咬牙切齒地說。

「反正都要做，做一人不如做兩人份啊？」皓皓不懂男生的纖細心思，一臉的理所當然。

「……」時燁大大很明顯說不出口自己的陰暗心思，只是陰沉著臉，看起來更難靠近了。

這時候就很佩服皓皓了，他完全沒發現時燁大大的心情，還樂呵呵地補充，「人數多能做的樣式就多啊，這樣你就可以吃到更多口味喔。維尼、米奇、唐老鴨……我現在就好想試試看能做幾種角色。」

時燁大大雖然還是一臉黑，但很明顯被皓皓誘惑了。他抿了抿嘴，不甘心地點頭，「好吧……但你要記得維尼是我一個人的。」

後面這句，時燁大大幾乎是含在嘴裡說的。要不是我耳朵聽力堪比竊聽器，恐怕就會錯過這句足以登上頭條的撒嬌，這個不能發、這個不能發！就算是狗仔也有點基礎道義，何況我是忠誠的ＣＰ飯。

「好啦好啦。」皓皓擺擺手打發時燁大大，突然又笑得一臉卑鄙（？），拉著時燁大大的衣袖撒嬌，「那材料費，你會贊助吧？」

原來是為了錢啊，果然，說到錢，小受就會變得甜美可愛呢。（個人偏見）

不等時燁大大回答，學弟馬上搶著回答，「學長做給我吃，當然是我出錢！材料費、貨運費、手工費、勞力費都我出，一點也不應該虧欠學長啊。」

學弟果然是直球高手，在很正確的時間投出了高速直球，皓皓兩眼放星星地看著他，「正宇是好孩子！」接著又開始了兩人默契摸頭蹲低的專屬動作。

虧欠學長的壞孩子・時燁大大的負面情緒顯現在臉上，一臉不爽地就用力掐住皓皓的臉頰，皓皓一哀鳴，學弟馬上來救美，三個人打鬧在一塊兒的畫面，讓我深深地感受到了男孩們的青春友情是這麼的美好。

唉，只是雖然我爬牆了，但我還是『食魚派』啊。忍不住為時燁大大的未來擔憂，學弟雖然只會投直球，但皓皓技術水平剛好就只能接得到直球啊。時燁大大再這樣繼續丟皓皓接不到的變化球，可能會提前結束比賽呢。

到底是近水樓台的時燁大大，還是直球攻勢不斷的學弟會勝出呢？身為牆頭草，我真的是很煎熬啊。該怎麼列隊才不會錯？簡直比世界盃運彩還讓人難以抉擇。

看著皓皓沒心沒肺的笑容，我突然領悟了一件事情。不管『食魚派』或是『蒸魚派』的未來，其實都掌握在皓皓身上嘛。

皓皓啊，真是個危險的男人。什麼兩點一線的五官，我真應該跟皓皓女神道歉！只求皓皓給我個美好未來，不要再招惹出什麼『鱸魚派』、『鯛魚燒派』了啊啊啊啊──

嗯？濾鏡？

他們真人就這麼甜，我還需要開濾鏡嗎？

國家圖書館出版品預行編目資料

誘捕！不聽話的寵物男孩 / 小杏桃著.
--1版. --臺北市：尖端出版, 2018.08-
冊 ; 公分
ISBN 978-957-10-8217-2(平裝)

857.7　　　107008292

翼想本

誘捕！不聽話的寵物男孩

著　　者／小杏桃
發 行 人／黃鎮隆
副　　理／洪琇菁
執行編輯／楊國治
企劃宣傳／邱小祐、劉宜蓉
封面插畫／MAE
副總經理／陳君平
國際版權／黃令歡
美術編輯／王羚靈
內文排版／謝青秀

出版／城邦文化事業股份有限公司 尖端出版
台北市中山區民生東路二段一四一號十樓
電話：（〇二）二五〇〇—七六〇〇
傳真：（〇二）二五〇〇—二六八三
E-mail：7novels@mail2.spp.com.tw

發行／英屬蓋曼群島商家庭傳媒股份有限公司城邦分公司 尖端出版
台北市中山區民生東路二段一四一號十樓
電話：（〇二）二五〇〇—七六〇〇（代表號）
傳真：（〇二）二五〇〇—一九七九

中彰投以北經銷（含宜花東）／楨彥有限公司
電話：（〇二）八九一九—三三六九
傳真：（〇二）八九一四—五五二四

雲嘉經銷／智豐圖書股份有限公司 嘉義公司
電話：（〇五）二三三—三八五二
傳真：（〇五）二三三—三八六三

南部經銷／智豐圖書股份有限公司 高雄公司
電話：（〇七）三七三—〇〇七九
傳真：（〇七）三七三—〇〇八七

一代匯集／香港九龍旺角塘尾道六十四號龍駒企業大廈十樓B&D室
電話：（八五二）二七八三—八一〇二
傳真：（八五二）二七八二—一五二九

馬新經銷／城邦（馬新）出版集團Cite (M) Sdn. Bhd.
E-mail：cite@cite.com.my

法律顧問／王子文律師 元禾法律事務所
台北市羅斯福路三段三十七號十五樓

二〇一八年八月一版一刷
二〇二〇年九月一版五刷

版權所有・翻印必究
■本書若有破損、缺頁請寄回當地出版社更換■

《誘捕！不聽話的寵物男孩》© 小杏桃／MAE／尖端出版 All rights reserved.

■中文版■

郵購注意事項：
1.填妥劃撥單資料：帳號：50003021戶名：英屬蓋曼群島商家庭傳媒(股)公司城邦分公司。2.通信欄內註明訂購書名與冊數。3.劃撥金額低於500元，請加附掛號郵資50元。如劃撥日起 10～14日，仍未收到書時，請洽劃撥組。劃撥專線TEL：(03)312-4212 ・ FAX：(03)322-4621。E-mail：marketing@spp.com.tw

翼想本

翼想本